PICADINHOS DA VIDA

mistério é o homem, não a morte

Marcos Gama

PICADINHOS DA VIDA

mistério é o homem, não a morte

alameda

Grafia atualizada segundo o Acordo Ortográfico da Língua Portuguesa de 1990, que entrou em vigor no Brasil em 2009.

Edição: Haroldo Ceravolo Sereza
Editora assistente: Danielly de Jesus Teles
Projeto gráfico, diagramação e capa: Danielly de JesusTeles
Assistente acadêmica: Tamara Santos
Revisão: Alexandra Colontini

CIP-BRASIL. CATALOGAÇÃO NA PUBLICAÇÃO
SINDICATO NACIONAL DOS EDITORES DE LIVROS, RJ

G177p

Gama, Marcos
Picadinhos da vida : mistério é o homem, não a morte / Marcos Gama. - 1. ed. - São Paulo : Alameda, 2021.

152 p. ; 21 cm.

Inclui bibliografia
ISBN 978-65-5966-055-1

1. Crônicas brasileiras. I. Título.

21-74015 CDD: 869.8
CDU: 82-94(81)

ALAMEDA CASA EDITORIAL
Rua 13 de Maio, 353 – Bela Vista
CEP 01327-000 – São Paulo, SP
Tel. (11) 3012-2403
www.alamedaeditorial.com.br

O cidadão considerado idoso, com lucidez, de qualquer profissão ou categoria social, que viveu no campo ou na cidade, e subsistiu na atmosfera do seu tempo, sempre vai ter um saber que não deve desconsiderar e passar aos jovens. Principalmente se teve o privilégio de conviver com fatos que consolidaram a identidade de seu país. É o meu caso: adolescente, sempre me interessei por geografia, história, política, crenças, e fiquei viciado em ler jornais da primeira à última página. Formei minhas convicções e participei no que pude da política.

Picadinhos da vida, nada acadêmico, são pequenas avaliações, que podem agradar ou servir para a reflexão dos que não gostem. Afinal, como dizia Millôr Fernandes: "Livre pensar é só pensar".

Sumário

PARTE I

Parte I

1 – *O buraco negro se expande*

Quando o homem deixou de ser nômade, os mais inteligentes, para se isolarem, desenvolveram o medo e inventaram a religião. E os mais espertos, para lucrarem com os ingênuos e servirem aos mais inteligentes, desenvolveram a cobiça e iniciaram a exploração do homem pelo homem.

O homem na sua constante avidez de começar de novo, não enxerga as mazelas escavadas que marcaram sua história. E volta a se enterrar em sua cegueira de erros.

Raros foram os aglomerados humanos que não tentaram definir o impossível, distorcer fatos reais, inventar crenças supremas ou criar um ser superior. Constantemente aniquilados, os seres terrestres persistem: o homem não tem salvação!

Paradigmas sucumbem assim que o vento da história levanta as cinzas de suas presumidas verdades.

Quem lucra com a astúcia de assombrar acontecimentos passados, bem como apavorando com sórdidas profecias de pessoas comuns, cria um futuro incerto e um inferno real, pois decreta o fim simbólico do presente.

O futuro pode surpreender e varrer o passado estático. Seu presente pode implodir impérios, desmascarar, revelar e preparar o próprio futuro.

A melhor esperança da vida é o tempo, embora possamos não encontrá-lo no futuro.

No espaço do infinito, num passe de mágica, aparecem a Criação e o Juízo Final. No invisível finito para trás ou para a frente, quem acredita neste segmento finge não ver a evolução tão visível do presente.

Projeto inteligente criacionista contra o evolucionismo é como defender o terraplanismo com um globo terrestre sobre a mesa.

Seres vivos e pensantes, confinados numa fé limitada a um presente finito, receiam projetar o espaço do infinito e desprezam o tamanho e a geometria do planeta, pois se consideram arrebatados. Oram para si, bloqueiam-se no debate das barbáries humanas citadas na Bíblia, não avaliam o que pensam os entubados e os moribundos, os que respiram debaixo de escombros, ou que acordam depois de serem enterrados vivos.

Jesus surtou no templo de Herodes e expulsou os camelôs que vendiam pombas no câmbio negro. Já passa da hora de ele voltar e ver os estelionatários que vendem em templos, e até na internet: água de torneira, vassouras e escovas de dente ungidas, lenço suado e até fumaça.

Interessante e significativo é o dono do destino do mundo exigir o sacrifício de cordeiros sem defeitos físicos para os ricos, e pombas para os pobres.

Há qualquer tempo, um idiota com poder, compulsivo nas comidas e bebidas, delirando no criacionismo, após uma diarreia, alegando uma concepção das alturas, inventa que espigas de milho são sagradas, não servindo de alimento ao homem. O medo chegará irreversível e incontáveis fanáticos pelo mundo, sem evolução por centenas de anos, morrerão de fome em frente às plantações. E inúmeros contestadores perderão suas cabeças em nome deste Idiota.

Debaixo de um crucifixo, vivem muito bem protegidas as bancadas ruralistas, evangélicas, maçônicas, de coronéis, empreiteiras, banqueiros, empresas de mídias eletrônicas e impressas, fabricantes de armas, laboratórios, cartórios, indústrias alimentícias, do crime organizado, da bala, da bola e dos próprios poderes. Neste meio, nada de humanistas, cientistas, literatos ou qualquer das artes... e muito menos de mulheres, negros, indígenas, homossexuais, ateus ou agnósticos. Deus é eugenista e brasileiro!

Os megapastores, nas suas espalhafatosas doutrinações televisivas, não abordam versículos polêmicos e absurdos, como os vários que mencionam a mulher de forma insultuosa. Não há argumento relativista que justifique a submissão e o castigo por ela não se arrastar igual cobra para o varão.

Qual a pregação relacionista que justifique a estafante e longínqua caminhada por quarenta anos da caravana de Moisés, em camelos, com as confortáveis e rápidas viagens de jatinho do estafe dos megapastores?

Da forma que o obscurantismo político e o histerismo religioso, e vice-e-versa, avançam para dizimar os patrimônios culturais da humanidade, não restarão nem museus a serem explorados pelos mecenas do capitalismo.

No tabuleiro do poder religioso, os antigos e os recentes bispos não perdem disputas e sabem manobrar a esperteza no xadrez da vida.

Padecidos em vida que padecem há séculos para serem canonizados, também padecem pela simplicidade e anonimato. Na recente soberba disputa pelo monopólio do cristianismo, em pouco tempo, foi mais impactante os celebrados João XXIII e João Paulo II virarem santos no mesmo dia.

Os maltrapilhos meninos de rua rodeados de pombas também têm asas, só que são impedidos de se aproximar das mãos distantes dos querubins pintados bem lá em cima nos afrescos das igrejas.

O espaço visto dos suntuosos altares até as despojadas naves das igrejas é amplo e distante dos despojados que sobrevivem nos modestos e curtos espaços embaixo de porões.

Criaturas que criam expectativas inviáveis aos inocentes, elegem-se com trapaças, sequestram os cofres públicos e se escudam como irmãos, quando perecem, suas fotografias nas paredes têm o fedor da repugnância, mesmo cremados.

Manter a ignorância na terra é o louvor diário que os descarados pastores prestam ao reino dos céus.

Da mesma forma que viciados em drogas vendem seus relógios, celulares, joias e objetos pessoais para se salvarem com traficantes, idosos desamparados, com medo da morte, vendem seus carros e imóveis para contribuir com os mercenários da salvação.

Os pentecostais usam o discurso de que o carente desesperado sempre aguardou para ser realizado e, quando envolvido, agradece com suas economias, sem cair na real de que vai continuar aguardando.

É triste ver incautos, seduzidos por palavras bem empregadas, vítimas de um convencimento interesseiro e degenerado, sendo levados a um pasto obscuro, quase sem saída, na esperança de encontrarem uma luz, que cegos, nunca vão encontrar.

Chegando da fazenda num jato particular, após conferir os investimentos no exterior, e antes de embarcar na potente lancha, o megapastor grava aos fiéis um comentário crítico aos seus concorrentes: "Os falsos profetas estão chegando em proporção geométrica, confirmando as profecias do fim dos tempos!"

Os pastores dos enormes concretos armados sabem que seus rebanhos são ingênuos grãos de areia à mercê do tempo, mas que servem para construir a massa da má fé destas armações.

Jornais aquecem o cimento em que seres vivos dormem na porta de igrejas fechadas e repletas de figuras de mármore imóveis, frias e cobertas pelo manto da indiferença.

Os capetas evangélicos, ungidos pelos traficantes, subiram nos morros e expulsaram os exus que endiabravam o povo.

Se cabeça vazia é oficina do diabo, presos recebem de pastores iletrados, que nunca leram nem um Pato Donald, absurdas pregações interpretativas da bíblia. Convertidos, propagam estes delírios sem proveito até para a ficção. O mesmo de jogadores de cabeça oca que viajam sem saber onde estão e que convertidos tentam levar colegas para caminhos que desconhecem. São os alimentos espirituais de uma sociedade cada vez mais louca, imbecil e perdida, cujo Estado é cúmplice.

Enquanto pastores milionários vivem das trevas e elevam a insanidade, usando o cristianismo, professores que orientam seus alunos a saírem da escuridão e edificarem uma vida sadia são chamados de doutrinadores do demônio.

Jornalistas parasitas sociais que vivem no movimento de rotação e translação das TVs evangélicas, preenchem o tempo que sobra das cansativas pregações com outras massificações, e se promovem com longas reportagens e polêmicas inúteis.

Populações que nunca assistiram uma peça de teatro ou um filme completo, que se divertiam com o circo ou parque de diversões, agora não perdem um show de megassertanejo no mesmo espaço. Mas a vida continua a rolar em volta da igreja matriz: no tradicional boteco, no hotel, na farmácia, no cabeleireiro, na lotérica, nas agências bancárias, nas lojas famosas, nas academias de ginástica, na lan house, nos McDonald's e nas crescentes biqueiras do crime. E, por último, passaram a assistir a disputa infernal das mega-igrejas televisivas para investimentos em templos, ao negociarem o cinema ou qualquer espaço em volta da igreja matriz.

Tristeza é ver privilegiados procurando fugir dolosamente da razão para expandir e radicalizar a ignorância.

A bíblia cita doenças, pestes, lepras, pragas e numerosos males, mas não orienta como se prevenir de tantas desgraceiras... só rezando.

Já que o tempo não é fixo, estático e imutável, se entrarmos num buraco negro não precisaremos mais revisar e questionar heróis, profetas, o direito divino, derrubar estátuas e nem discutir relacionismos. A luz da relatividade é que vai desmistificar e mostrar a verdadeira história do homem.

Se você tiver maioridade, imputabilidade e responsabilidades de um ser normal, a morte quando passar uma régua na sua vida não tem apelação, recurso, embargo, habeas corpus, liminar, jeitinho, rezas, promessas, despachos e nem a certeza de ser arrebatado, vai ter que esperar o Juízo Final e encontrar com quem está lá na sala de espera há tempos: neolíticos, faraós, apóstolos, astecas, mongóis, genocidas e tiranos com suas vítimas, escravos, amigos, inimigos, parentes, vizinhos e até Adão e Eva. Em tempo, o julgamento, que será o último na história da humanidade, não será em massa, mas individual, com a leitura da denúncia e a sentença final por ordem de chegada.

As nuvens formatam o tempo no universo da vida e dissipam o tempo da vida no universo.

A luz que cristaliza a vida brilha no que temos e pouco usamos – é quando entramos na abstração do raciocínio qualificado, numa viagem literária, nos integramos com a paisagem, sabemos sentir o vento, a chuva, o silêncio, ouvimos os pássaros, sonhamos nas profundezas da música, respiramos o mar, montanhas, encantamo-nos com a beleza cênica do corpo, contemplamos o infinito de uma pintura, de uma fotografia, do ver poético, participamos da criatividade positiva e dos simples atos do bem... Enfim, quando nos envolvemos no maravilhoso jogo positivo do xadrez da vida. Quem assim faz, não precisa de intermediários. Morre em paz.

Aflito,
O homem breve pede a si e aos seus.
Sereno,
O rio perene serve a ti e a todos.

A fé é a convicção definitiva da ilusão.

Se não fosse a religião, o homem já estaria de volta de Plutão.

E respeito o criacionismo e as conclusões escatológicas de muitos, mas finalizo o debate quando a outra parte defende um deus perfeito e poderoso, que irado, cospe fogo na sua criação.

2 – *A formatação de um povo*

A nobreza encontrou em nossas costas um porto seguro para vestir, sem nenhum pudor, os despidos que aqui viviam, a safadeza e o vigor do fisiologismo.

O tão comentado partido das escolas não são dos ideais humanos, mas sim do marketing investido, onde os professores têm de acatar e incentivar os alunos à cobiças e pelejas pela sobrevivência no mercado capitalista do trabalho.

E o ensino verde e amarelo não zela pela memória, pois para ele tudo é passado. E o futuro vê a garantia desta sequência ao observar que há mais universitários nos bares do que presentes em salas de aula.

Se há educação e atividades culturais, a violência limita seu espetáculo aos palcos; na falta, o espetáculo da violência perde o limite nas ruas.

Em inúmeras salas familiares, crianças brincam de sequestro bem embaixo da estante sacrossanta da televisão e ao lado de coleções de livros envoltos em celofanes ensebados.

Impressionante o número de pais que ignoram os filhos em casa, mas se preocupam com o conteúdo ensinado nas escolas, para rotular e demonizar professores. Nesse quadro, além de imbecis, demonstram serem covardes em relação aos traficantes que adotam, livremente, vários alunos na porta da escola.

O estímulo infantil à leitura de livros é engolido pelas boquinhas de milhões de monstrinhos eletrônicos.

Crianças acesas levam seus eletrônicos até ao banheiro. Apagados, os pais não percebem que elas estão hiperativas, com deformidades precoces e sofrendo com a carga da obesidade.

Pais que acham graça dos gritos estridentes de crianças em lugares inadequados são surdos ao eco do futuro, não pressentindo que elas vão crescer folgadas, indiferentes, egoístas e sem ouvir sua culpa.

Nos EUA, o aluno que mata a aula pode ser preso. Em Cuba, aluno que mata a aula é buscado em casa. No Brasil, aluno que mata a aula, se for repreendido, mata o professor.

Por melhor que seja uma faculdade, cinco anos é um tempo muito precário para que o homem se torne tão arrogante a ponto de subestimar seu semelhante de uma forma tão repugnante, escrota e cruel como o trote em calouros.

A influência de psicopatas ao represar e impedir que ideias políticas, criatividades e vocações fluam livremente, cria jovens vazios, sem rumo, que se convertem e mergulham nas piores drogas. Consequência que já se materializou nos morros cariocas, no protocolo da simbiose evangélicos-traficantes.

Quando a política direitista de precarização desidrata a educação, a cultura e a saúde pública para aparelhar com idiotas e retardados, até os nazistas começam a sair do armário.

Das sementes da poesia, da literatura, da música, da pintura, do teatro, da ciência, da história e da filosofia plantadas nos jovens, germinam o saber e a tranquilidade que sublima a libido que potencializa a violência e destrói o positivo social.

Os exterminadores do futuro, quando se infiltram nas livrarias, se incomodam com os títulos acadêmicos, hermenêuticos, dialéticos, mas preservam os *best sellers* e compram o máximo de livros sobre a evolução do conhecimento, antes de queimá-los no presente. E as livrarias agradecem o valor de uso passado por estes clientes.

O reflexo para os que cultuam a força do físico é o limite dos espelhos, para os que cultuam a força da mente, a amplitude das bibliotecas.

Jogar para a população que militarizar escolas vai impor disciplina e respeito é um argumento muito tênue, fácil de ser resolvido e que não encobre a contundente realidade histórica dos militares brasileiros. Didática que os mestres fardados não conseguirão fugir: como revelar quem facilita a entrega das riquezas nacionais aos estrangeiros, quem provoca países amigos para beneficiar terceiros, quem renega ações das milícias armadas, quem desguarnece as fronteiras que passam armas, munições, drogas e amplo contrabando, quem massacra justas ações populares, mas não combate da mesma forma o crime organizado, quem idolatra torturadores e quem agora, indevidamente, também está no comandando desvitalizando órgãos de inclusão social, proteção de minorias, preservação do meio ambiente, indígenas e tantas áreas humanas da vida civil. E o exemplo de disciplina? Os golpes dados em governos eleitos que não interessam às oligarquias políticas e a aristocracia econômica? E de respeito? As afrontas aos negros, homossexuais, indígenas, antropólogos, professores, cientistas, artistas e outros segmentos pensantes?

Nem os mais perfeitos laços familiares, cheios de bênçãos, conseguem abrandar intolerâncias, ciúmes, invejas, amarrar desafetos ou desatar os corroídos nós morais.

A interminável e subjetiva novela *Malhação* é o mais terrível exemplo do que pode ser uma escola sem partido.

Num passado bem recente, na educação elementar, os alunos não encontravam referências explícitas aos órgãos sexuais, nem em livros, nem em aulas de anatomia. Depois, foram reivindicadas aulas sobre educação sexual. Hoje, não há necessidade de mais nada.

Não é normal quem não tem a proficiência para o ensino.

A criança tem que ser levada e orientada ao raciocínio abstrato, jogar xadrez, ser iniciada na música, entender textos, poesias, livros, filmes decentes, aprender a questionar, filosofar, criar em infinitas situações, pesquisar o melhor nos livros, na internet, ser cognitiva e dar saltos mortais.

As longas e manipuladoras novelas televisivas nunca fogem de prolixos e extensos enredos de ruidosos casos amorosos, com a descoberta de amantes e filhos ilegítimos ao final. Conteúdos que conquistam inúmeras pessoas sem opções culturais e que acabam adorando, cada vez mais, as tragédias dos outros. Brigas idiotas de adolescentes, deboches aos homossexuais, golpes e traições empresarias, sedentas disputas de heranças, novos estelionatos que circulam na praça e envolventes e enigmáticos assassinatos, com tomadas de cenas de morros a lugares badalados, com paisagens que pobres não conseguem chegar. A descontração numa diversão teatral, mesmo em capítulos, pode ter infinitas nuances que, quando bem conduzidas, elevam o ser humano para a reflexão, aumenta sua cultura e melhora o bem viver em sociedade. Porque o caldo dessas belezuras mal intencionadas e envolventes novelas com artistas talentosos e mal aproveitados, leva ao nada. Só servem aos grandes anunciantes que abusam da necessária descontração do cidadão ao utilizarem este precioso tempo para, subjetivamente, aumentar o número de idiotas que procuram saber da vida íntima de artistas e consumidores de produtos totalmente desnecessários.

Quem não lê não tem palavras porque não sente a memória e, quando ouve e vê, basta um toque de cinco segundos para emudecer.

Os rótulos "nível universitário", "mestre", "religioso" e outros cargos destacados dos poderes já não identificam produtos como de boa qualidade. E o de "mestrado" e "doutorado" se não forem plágios, precisa ser conferidos: se falsos, meio-falsos ou totalmente falsos.

Muitas transgressões dos jovens acabam sendo um alerta que vai contribuir para semear o caminho humano. Mas nada se aproveita ou se assemelha com o passado com o que fazem hoje com quem tenta semear o futuro, medievais conviviam com as artes liberais, nós, com os crimes liberais.

A sugestão da arte modifica trajetos desgastados e gera insumos para a cultura.

A meritocracia e as promessas vazias do "bom velhinho do capitalismo" abalam a lealdade entre pais e filhos, frustram a prática da honestidade e geram muitos traumas em crianças.

Com a criação do Papai Noel, as crianças pararam de pedir livros como presente de Natal.

Os pais tem que adotar seus filhos de forma sólida e habitual, dialogando e se inteirando, antes que alguém, que pode ser um criminoso da rua ou de dentro do sistema, o faça. Largar os eletrônicos e levá-los aos parques, andar e conversar, ir à museus, conhecer e praticar esportes, andar de bicicleta, comprar o necessário, circular por livrarias e lançamentos de livros, ensinar a falar baixo, se alimentar adequadamente e com disciplina, observar a estética das coisas, contemplar o belo natural e o produzido, se organizar, observar e respeitar as diferenças humanas naturais e de raça, ser tolerante com as diversidades, selecionar filmes, espetáculos teatrais e musicais que levem ao aprimoramento humano, viajar, apresentar pessoas diferentes e interessantes, a ficar antenada aos fatos diários, ouvir as dúvidas, ser responsável e sincero, abraçar e desenvolver o altruísmo dos filhos. Esta é a famosa gestão do conhecimento. Mas alguns preferem definir como "coisas de comunistas" e levam seus filhos a botecos para se divertir entre bêbados, ouvindo conversas distorcidas de iletrados e piadas desrespeitosas, a incomodar mulheres como se fosse um ato positivo, a desrespeitar e ironizar gays, lésbicas e pessoas com deficiências, tentar humilhar os times e torcedores adversários, incentivá-los a dirigir com tenra idade, a cultuar somente o corpo, a ser um consumista praticante de compras desnecessárias nos shoppings, a assistir megashows de idiotas ou presenciarem discussões caseiras. Bem como não orientá-los nas programações televisivas, de internet e das redes sociais ou não se incomodarem de ficarem trancados, isolados ou com os amigos, por um tempo preocupante.

3 - O consumismo que nos consome

O capitalismo incute um consumismo desnecessário e envolvente, como a criação de datas especiais, quando empurra famílias sem recursos a comprar, compulsivamente, presentes sem utilidade, até para o idoso moribundo.

Valores sociais e morais cristalizados se trincam muitas vezes pela relevância atribuída a produtos supérfluos, que principalmente os jovens, são induzidos a consumir.

Quando a demanda é baixa ou estaciona, produtos lucrativos essenciais desaparecem do mercado, rareiam, são negociados a valores altíssimos, viram notícias e piadas. Logo voltam, e são consumidos em escala e preços muito maiores que antes desta encenação ardilosa e perversa do capitalismo.

Além de a indolência e a patifaria transitarem juntas no desperdício de alimentos, a retenção organizada de estoques, a exportação de mantimentos básicos quando o dólar sobe, a inutilização insidiosa de produtos e a incineração de víveres para a sobrevivência humana chocam-se com o crescimento geográfico de criaturas desnutridas e moradores de rua. E atestam que a eliminação dos pobres sempre esteve na engrenagem do capitalismo.

Do produtor ao consumidor, quando não se inutilizam ou incineram produções ou safras para manterem os preços, o valor de um alimento varia a extremos de um dia para o outro. É o mercado da ganância dando o termômetro dos que possuem ações do Inferno.

Cobrar economia familiar e freio financeiro do trabalhador empurrado as cobiças, vaidades e tentações de um consumismo desenfreado, irresponsável e inalcançável é muito comodismo e insensibilidade por parte dos economistas intelectuais que tiveram a rara oportunidade de estudar no exterior, serem professores universitários, participarem de conferências e discussões na mídia. O que eles querem? Que o trabalhador leia seus artigos, assista seus debates, acompanhe o mercado financeiro, compre títulos da dívida pública, aplique em fundos cambiais, de previdência, renda fixa, ações... offshores?

O trabalhador sinucado e enfraquecido na luta pela sobrevivência, sem tempo, precisando de muita energia para enfrentar o capitalismo coercitivo e predatório que o devora lentamente, embotado, ainda é obrigado a ouvir falação sobre empreendedorismo, coaching e apelos da teologia da prosperidade.

Os mecânicos robôs do ego capitalismo, na velocidade do lucro, ignoram os cadáveres dos trabalhadores que atropelam, e os feridos atingidos que vão sobrevivendo nas margens.

Classes sociais em repentino aumento de padrão, forçadas, antes da meca Miami e Disneylândia, a conexões em Nova Iorque, não perdem tempo, rodam o dia em compras na rua 46 e nas redondezas do Little Brazil, ignorando o MoMA e negando às crianças a oportunidade de aprenderem alguma coisa no Museu de História Natural.

A publicidade é igual ao consumidor de drogas, uma sustenta a mídia manipuladora, o outro sustenta o crime organizado. Hipocrisias vedadas a refutações.

Quando a publicidade usa crianças, o apelo não é criativo, nem bonitinho. Além de induzir os ingênuos de qualquer idade a comprar patês de titica, coloca muitos pais sem recursos à margem da honestidade.

Cachorro com rodas, rabo de manivela, olhos de farol de automóvel, cores berrantes, são monstros que mostram o descaso, despreparo e a estupidez de quem brinca e lucra com nossas crianças.

Nas ruas e coletivos, manufaturados químicos que enganam o cérebro e detonam o corpo são mastigados nervosamente por crianças prematuramente ansiosas e obesas.

Criaram os shoppings centers para a rica burguesia fazer suas compras com tranquilidade e rapidez, e o pobre mediano admirar todo aquele visual com muito mais tempo. Uma forma de desviar idas a sindicatos e locais de questionamentos políticos e de explorar com a beleza da ilusão o tempo livre do trabalhador, além do trabalho.

A dondoca fica cega quando avista sua serva, em rolezinhos, servindo-se no mesmo shopping center.

As "pessoas do bem" espumam de ódio quando observam pobretões recusando sobras e escolhendo a carne para moer. Depois, fazem comentários veementes nas redes e rodas sociais para que alguma providência seja tomada.

O tolo investe na poupança, pega um crédito com juros propagado no mesmo banco e, consistente no seu propósito, adquire um carrão, mostra na sua vila, no trabalho e, antes da volta de apresentação no churrasco do cunhado, sem nenhum seguro, é roubado, sofre um ataque cardíaco e é atendido num outro banco, o do pronto socorro.

A decadência das cidades começa quando aumenta o número de bancos, o rico fica mais rico, e as pessoas passam a desconhecer quem dorme nas praças.

A floresta de belos luminosos das metrópoles é um engodo capitalista adubado pelo lixo proveniente da depredação e desperdício do consumo. E pelos feios restos humanos dos que pernoitam nas ruas, praças e portas das bolsas de valores.

Tenho esperança na justiça do Inferno quando vejo o que a oligarquia do cartel dos bancos faz com os carentes.

Enquanto os ricos especulam com o espaço urbano e se divertem em luxuosos condomínios periféricos, a classe média sonha com as fantasias dos folhetos imobiliários.

Se vislumbrar lucro, o especulador imobiliário loteia e faz um grandioso lançamento do túmulo da própria mãe.

Depois de verificar o tipo e ano do automóvel, que o sujeito era branco e vestia com a família roupas de etiquetas renomadas, o corretor nem precisou consultar o seu supervisor. Ofereceu um cafezinho, pegou algumas bexigas coloridas para as crianças e disse ao casal: "Vamos conhecer nosso condomínio de luxo!"

Nos mirabolantes projetos residenciais de escrotos que melhoram de vida e deliram com seu novo poder aquisitivo, emana sempre a genética cruel da divisão de classes. No esboço, os únicos compartimentos sem banheiro são a sofisticada casinha do cachorro e o cubículo destinado à empregada doméstica.

Acredito na ingenuidade do espinafre do Popaye quando foi criado. Hoje, ampla pesquisa e grande lançamento seriam feitos para induzir os admiradores a consumir um produto industrializado qualquer, antes de ser ingerido pelo famoso personagem.

Na coleta de lixo dos bairros e condomínios de luxo são encontrados vários livros que foram best-sellers, ainda intactos, inclusive nas sacolinhas das livrarias.

Chegar à felicidade plena é o sonho pressuposto de todo alienado pleno.

Sociedade que vive dos meios e não respeita crianças e idosos não tem princípios nem fins.

4 - *A intromissão do militarismo*

Em detrimento ao conhecimento pleno, a repressão militar ditatorial brasileira fez que exploradores da autoajuda, seitas, ficção científica, misticismo, discos voadores, do sobrenatural e transcendental criassem uma ampla confusão existencial nas pessoas. Além destas convivências espirituais empurradas aos cidadãos, foram oferecidas cruéis propagandas, envolventes publicidades, empolgantes novelas e o sucesso de comédias teatrais.

Desde que a nobreza armou a República, os cidadãos comuns, íntegros, carentes e nacionalistas vivem no sufoco das fardas e indagando ao além: porque áreas civis sensíveis, desde a proclamação, são entregues a militares? Longe da realidade popular, com formação eugênica, eles são submetidos as premissas da National War College, se rendem a concessão de riquezas da nação a forasteiros, tratam questões sociais como casos de polícia, desintegram oposições esquerdistas e vão além: proclamam-se defensores da democracia e da "soberania nacional".

A ditadura militar restringiu no que pode o humanismo, a filosofia, a carga histórica, o pensamento europeu e encerrou os tradicionais ensinos médios como o clássico e o científico, tudo para facilitar a privatização total do ensino e a formação de técnicos servis as multinacionais. E o inglês passou e ser ensinado desde o berçário.

Os carrascos torturavam, os peritos se omitiam, a polícia relatava o que não via – mas via, os promotores não denunciavam e os juízes, em continência, davam a sentença, debochando dos advogados: "As provas apuradas são robustas... por crimes contra a segurança nacional".

O plano Cohen e o atentado ao Riocentro são as maiores provas do "poder moderador" que os militares tanto preconizam.

Os benefícios da previdência que filhas de militares casadas, mas ditas solteiras, recebem, e a ida para a reserva de militares com menos de cincoenta anos, recebendo polpudas quantias acumuladas do erário público, e na reserva, acumulando cargos públicos de civis, são amostras imperecíveis de amor à pátria.

Convivendo historicamente com a aristocracia e as oligarquias, bem como com os interesses ianques, odiando, ignorando a constituição e reprimindo violentamente qualquer iniciativa das minorias e classes populares, e alegando a "defesa" da Pátria, os militares constituíram este encalacrado aparelho ideológico, sempre negado, pois não se consideram políticos.

Para um Estado fervente de religiosidade, administrado no arbítrio e ilegalidade, qualquer abençoada gota d'água, liberta e extremamente legal, se torna um ato herege e subversivo.

A nação que se arma contra seus próprios cidadãos de oposição não pode chamar de terrorista quem se defende da mesma forma.

Na mesma tarde cinzenta, o extraordinário, automático e corporativo foro militar condena os que não prestaram continência e absolve os homicidas contumazes.

Em uma estreita faixa de brancos no meio de um círculo estrelado de fardas, a ironia de uma ordem e progresso para os devastadores do verde e extrativistas do amarelo, onde cidadãos de bem são os endinheirados, e o resto, uma massa escura e manejada para preservar o azul deste universo.

Poucos cidadãos que se destacam na sua área profissional, ou realizam um ato positivo de coragem, recebem alguma dessas condecorações oficiais com nomes pomposos. A enxurrada desses títulos e medalhas serve é para empetecar fardas, decorar paredes de políticos fisiológicos ou membros de irmandades.

Por nove meses a mulher procria um sonho humano. Nascido, ela, depois de amamentar, ajudar a ficar ereto e dar os primeiros passos, solta um sorriso que resume todo o júbilo desta trajetória. Um ser, simplório ou gênio, que quando começa aperceber-se da vida, por vezes é convocado para uma sangrenta guerra de interesses econômicos ou intolerâncias religiosas. Causas que deixam mães prostradas numa agonia diuturna, só interrompida por um simples comunicado, junto com uma medalha: seu filho se tornou apenas mais uma baixa heroica na história dos imbecis que comandam a humanidade.

Manutenção de forças armadas e armamento militares são dispêndios com que os homens racionais ainda vão conviver por longa data. Um hacker juvenil, uma manobra financeira do capitalismo, ou a tecla do celular de algum obstinado pela fé já substitui o maior gasto que o ser humano tem contra si próprio.

Dos golpes que causam o desabamento da construção democrática, só as ratazanas sobrevivem nos escombros.

E o país não tem Forças Armadas, tem tropas de ocupação a serviço dos ianques.

5 – O homem desafia quem o mantém

O ancião, 81, atônito e impossibilitado, com as mãos trêmulas sobre o peitoral, arregalou os olhos para contemplar o fim de uma árvore que plantou na vida. O rapaz, 18, feliz e ativo, com as mãos firmes numa motosserra, olhos brilhantes, derrubou em minutos o que um dia vai colher.

O público e bem visível fogo criminoso de capangas destruindo grandes florestas, e a invisível e bem pública chama criminosa de pistoleiros eliminando minorias nativas, em áreas da mãe Natureza, só esfumaçam a paternidade da Justiça.

Balsas amazônicas que chegam lotadas de minerais preciosos, entorpecentes, contrabando e muitos cadáveres só atestam que a doutrina de segurança nacional é perfeita: para multinacionais e criminosos.

Margens naturais de rios e córregos escoam enxurradas e alimentam as espécies, cimentá-los ou encobri-los é crime de extermínio da natureza, mesmo efeito do lesa-humanidade.

Quando ONGs bíblicas transformam um índio harmonioso em empreendedor, ele vai impulsionar a demanda por tênis, jeans, motos, álcool, drogas, prostituição, e pouco vai se importar com as índias violentadas e os companheiros atropelados, alcoólatras, drogados, que fumam crack, cheiram gasolina, e que se envenenam ou se enforcam por não alcançarem os desejos de consumo impostos pelos civilizados.

Nas entradas e bandeiras pela mata virgem, ninguém atentou aos presságios da Cabocla Jurema: "Desbravar não é integrar, nem se incluir na nossa cultura, é agressão... e ao desmatar o meio ambiente hoje, vocês estão matando o ambiente inteiro do amanhã". Falta pouco!

Do luxuoso hotel nas montanhas de neve, o pecuarista ordena ao capataz que queime a mata amazônica em volta de sua propriedade, esterilizando ecossistemas, intoxicando e deixando sem saídas e recursos os nativos que lá vivem: simplórios, crianças, idosos e animais.

O silêncio do fogo doloso em reservas florestais, de posseiros ou áreas indígenas, que expulsa e marginaliza seus habitantes, contrasta com o barulho midiático dado aos pneus queimados nas estradas por esses retirantes sem culpa.

Evangelizar indígenas para submetê-los à supremacia dos brancos, demovê-los da harmonia da sua sociedade sem classes, ocupar suas terras no interesse de extrair minerais preciosos ou aprisionar animais raros em extinção são atos que põem abaixo os templos da natureza para erguer os templos da hipocrisia.

Não há comparação entre a subida de uma piracema e a descida de uma usina.

Os extrativistas da natureza centenária, os pecuaristas das agroqueimadas e os insaciáveis plantadores de soja e cana-de-açúcar invadem terras devolutas, chacinam ou expulsam indígenas para as estradas, eliminam posseiros e opositores, escondem o trabalho escravo, para depois de roubarem florestas, matarem rios, fauna e flora, implantarem monoculturas com fertilizantes proibidos pelo mundo, bem como ampliarem pastos onde carne podre é reutilizada e até exportada. Cobertos por políticos lobistas, conseguem financiamentos públicos a juros baixíssimos, para depois não pagarem e serem anistiados. E na hipócrita vida em sociedade, as festas vão de caríssimos sertanejos a selecionadas prostitutas, tendo como convidados: irmanados profissionais de várias áreas e bancadas políticas servis. Por fim, para se prevenirem de escrachos e denúncias, compram a mídia para inflamarem e induzirem o público, incauto e amorfo, a julgar que movimentos dos sem terra são bandos de criminosos a serem fuzilados.

No suntuoso prédio público, funcionários que nada fazem e muito recebem observam os boias-frias, que muito fazem e pouco recebem, lotarem decadentes ônibus.

Quando o homem despreza a natureza, corre atrás de esteiras e pedala no vácuo para fugir da poluição provocada por ele mesmo, é sinal que a civilização não está saindo do lugar.

Pesquisar para descobrir e esconder dos rivais, valorizar esta façanha para lucrar, buscar incentivos para a descoberta não cair em desuso: são esforços que os animais irracionais nunca precisaram, pois todos incorporam na sequência da vida todas as práticas de suas espécies.

Para sua sustentabilidade, os mendigos que cresceram no saber de "homem civilizado" pedem a estes para sobreviver. Para sua sustentabilidade, os índios que cresceram no saber do "homem civilizado" pedem a estes para sobreviver.

"Nossa tradicional empresa lamenta profundamente e se solidariza com a pouco mais de cem mil famílias desabrigadas e pouco mais de um milhão de mortes ocasionadas por um inesperado vazamento de lama tóxica e gás venenoso ocorrido mês passado em nossa barragem e depósito. Neste momento de dor, pedimos tranquilidade e muitas orações. Que a população não vá atrás de agitadores que distorcem a realidade, porque nossa administração, consciente da repercussão, está empenhada na apuração dos fatos e colaborando com as autoridades". Logo, vão incidir na constituição mais uma cláusula pétrea: a impunidade plena a todos esses bandos de empresas e administradores patrióticos.

Local de escoamento de esgoto é o registro mais caracterizado da merda que passa na cabeça evolutiva de um povo.

A natureza tem seu fluir, beleza e contrariedade. Até a vegetação ferida exala seu odor.

No espaço mais privilegiado do planeta, com tragédias previstas e até anunciadas pela natureza, habita-se, há cinco séculos, uma casta da pior escória de homens. Egoístas e perversos, irresponsáveis e imunes, não há barragens para eles enlamearem mananciais, matas, rios, comunidades e pessoas mais dignas de viver do que eles.

Vejo no Google sinuosas e estreitas vias para se chegar a uma distante e gigantesca periferia quase sem jardins, praças, quadras, campinhos ou espaços vazios. Afasto a seta e vejo enormes condomínios e gigantescas fazendas com vias asfaltadas, tudo para que empresários "bem sucedidos", marajás do serviço público, grileiros, latifundiários, garimpeiros ilegais, madeireiros destruidores de matas nativas, invasores de terras indígenas possam, dentro delas, acelerar, sem restrições, seus possantes veículos importados.

Enquanto civilizados homens públicos constroem edifícios suntuosos para abrigar instituições burocráticas, endividam a nação com armamentos bélicos em busca de guerras abstratas e anacrônicas, montam escolas de lata para a educação e enfiam cincoenta presos em celas que mal cabem trinta, os selvagens que abrigam toda a comunidade em suas ocas, procuram manter seus valores e a paz, e embora estagnados no tempo, são exemplos bem mais acertados de construção humana.

A grande vantagem do turismo ecológico é que retarda bastante a destruição da natureza.

Na mata, os rios brincam com seus curumins nas margens. Na urbe, os veículos matam suas crianças nas marginais.

Desonrados especuladores de terras, latifundiários, grileiros, devastadores de florestas, manguezais, restingas, dunas, incendiários: seus velórios serão cobertos de moscas e urubus em volta. E sua carne putrefata, vísceras e ossos, se voltarem à terra, tentarão convencer a natureza a adubar e reconstruir o ambiente destruído pela inconsequência de sua ganância.

Vingança da Natureza

As árvores ficaram encantadas
E todas as aves mais realizadas.
O vento testemunhou um desafeto

Em que o homem foi um vil abjeto.
Ele derrubou uma árvore a golpes de machado,
e abateu uma ave que um ninho tinha acabado.
A punição foi sumaríssima e cruel
Julgamento sem precisar de papel.
O pássaro lhe deu fatal congestão
E da madeira foi feito o seu caixão.

6 – *Animais irracionais e o homem*

O homem é um animal civilizado que se alimenta de forma pura ou impura de animais mortos por marteladas, facadas, pauladas, estrangulamento, partes decepadas, bem como assados ou cozidos ainda vivos.

Quanto mais a burguesia impiedosa se afasta dos incômodos humanos à volta, mais se aproxima dos cachorros, é mais cômodo e conveniente. Nos bairros de classe média alta a baixa, passear com o cão de estimação e trocar experiências com outros donos aparenta um ar de generosidade social, com os animais. E as lojas pet, como igrejas evangélicas e estacionamentos, crescem como ótimos investimentos. Talvez essas elites tenham se sensibilizado com o número de cães velhos e doentes abandonados pelas ruas das cidades, por essa mesma moderninha burguesia pet.

O sujeito, depois de cobrir seu cão de afetos, devora na sua alimentação a carne do boi confinado que pouco sentiu a terra e a luz do sol. Ambos são animais com vidas por volta de quinze anos e possuem a mesma sensibilidade.

A burguesia compra filhotes de cães para os filhos como se fossem descartáveis. Crescidos, eles estragam o estofamento do carro, incomodam e são largados pelas ruas, onde, longe do cheiro dos que o enganaram, perambulam estressados, quando não drogados ou envenenados.

O que deve sentir uma cadela, depois de amamentar seus filhotes e acompanhar seus primeiros passos, ao ver toda sua produção desaparecer porque seu dono achou que mais valia vender toda a ninhada.

No estressante transporte aos necrotérios de renomados frigoríficos, animais morrem antes do sacrifício, mas, com uma massa de papelão, cabeças de porcos moídas e uma boa química, eles ressuscitam em atraentes salames.

A fumaça das queimadas intoxica as reservas dos animais irracionais e oxigena as reservas dos animais racionais.

Na ceia natalina, os ébrios, ao devorarem a carne dos animais abatidos, ouvem o patriarca lembrar dos que são viventes.

Os animais irracionais cumprem sua missão de vida integralmente junto a seus semelhantes, sem precisarem trapacear para acumular riquezas, criar seitas e religiões, usar infinitas drogas e enfiar fardas em seus filhotes para morrerem em guerras pela ganância.

7 – Tramas políticas que nos pune

Muitos hotéis estrelados sobrevivem graças ao impressionante número de encontros, congressos e convenções inúteis que os burocratas inventam para gastar na farra do turismo a farra das verbas públicas.

Logo após a posse política, grande parte das lebres eleitas como renovadoras colocam as difíceis transformações sociais no casco das tartarugas e correm atrás das facilidades de velhas comissões.

No clima sujo e descarado da imprevidência, a previdência seca e estancada do pequeno trabalhador é encoberta pela cascata de benefícios dos grandes cargos públicos.

Não existe democracia quando um povo é incisivamente induzido a votar em apresentadores de tragédias, quem promete o paraíso após a morte, quem distribui ingressos para shows bregas, no caloteiro vizinho do primo, em legendas locatárias, nas mentiras de um robô, ou num limitado palhaço qualquer.

Quem brinca com o voto e faz da eleição um circo não tem que se lamentar dos presentes que os palhaços mandam de Brasília.

Pesquisa de opinião só seria real e concludente se não houvesse antes a influência malévola das mais variadas mídias e igrejas.

Versam os inversados das boas intenções da direita ou esquerda no poder. Quanto à direita, seus dirigentes reduzem os orçamentos básicos da saúde, educação e ciência para a compra de sofisticados equipamentos bélicos; ignoram queimadas, agrotóxicos e incentivam o agronegócio que explora riquezas em terras indígenas e preservadas; estrangulam universidades e a cultura, militarizam o ensino desde o berçário e incentivam a população a andar armada. Enfim, ela representa o capitalismo que transforma a água das fontes naturais em mercadoria, e os laboratórios que se empenham em manter doenças como fontes de lucros.

Quando Benito Mussolini morreu, foi pendurado de cabeça para baixo, em praça pública, e multidões foram contidas para não esquartejá-lo. Quando Fidel Castro morreu, suas cinzas percorreram Cuba, sob aplausos de multidões.

Para os políticos fisiológicos do bem articulado "centrão", o eleitor é apenas um ator de suas coreografias, e o mandato, solenidades festivas em que o espectro político, depois de uísques e vinhos especiais, é o recheio do bolo.

A ambição tem vertentes por caminhos distintos: a esquerda, os preocupados com os desprovidos, empenhados na abnegação, e que ambicionam distribuir riquezas; e a direita, os preocupados com seus privilégios, empenhados na ganância, e que ambicionam acumular mais riquezas.

"Um país se constrói com estradas de rodagem" – um presidente não pode ser tão tolo para uma frase tão entreguista quanto esta.

"Um país é explorado por estradas de rodagem" – se dissesse esta frase, Washington Luís confundiria os historiadores.

Quanto menor o município, mais luxuosos são os veículos com destacadas plaquinhas: "poder executivo", "poder legislativo", número 1 e o nome da cidade. E a rinha com as cidades próximas faz que parte da população carente ainda apoie este exibicionismo jeca, mesmo quando necessita urgente de uma remoção para a capital e a velha ambulância não funciona.

Em muitas prefeituras carcomidas por nepotismos primitivos, a responsabilidade fiscal tropeça em laranjas, não consegue abater fantasmas, alcançar ostentações incompatíveis com os vencimentos e desarticular rachadinhas que prefeitos fazem até com porteiros de banheiros de rodoviárias. São os atos cênicos do Executivo com que os membros da Câmara se divertem.

Todo aquele que vê comunistas por toda a parte não é um simples esquizofrênico, é um misológico convicto.

O velho e carrasco coronel saiu de cenário pelo mesmo veneno letal que ele impôs às bases: o assassinato. No Senado, um apadrinhado de sodalício do safado fez um entediante discurso enaltecendo a figura daquele pioneiro na manutenção da seca, exploração da mais-valia, formador de jagunços, criador de clientelismos e currais eleitorais. O safado virou magnânimo, feriado local e estátua na praça.

Recibos de cartórios cobram, além das taxas, a obrigatoriedade de os cidadãos manterem vivos tribunais e entidades fechadas de juízes e promotores, que além de receberem inúmeras vantagens e dinheiro para moradias, abusam das escassas verbas de um país sem teto. Um escárnio, cidadãos não são obrigados a manter entidades abertas às tenras crianças órfãs, conterrâneas vivas, desorientadas, que antes da procura de um chão para dormir, perambulam atrás de alimentos, furando sacos de lixo pelas frias madrugadas, esquecendo até o sono, simplesmente pela obrigatoriedade de se manterem vivas.

No mesmo instante documentos chegam ao outro lado do mundo, mas neste país carcomido pelos privilégios, a dinâmica é enriquecer cartórios por anacrônicas e inúteis carimbadas.

Em salas de comissões do Congresso, espíritos conservadores saem para os corredores, oferecem água e café para os trabalhadores e fantasiam suas esperanças. À noite, em espaços vazios, comemoram na grande mídia a materialização dos projetos patronais.

Negociação é igual a validade ou não de um gol discutível: alguém sempre fica no prejuízo.

Acho no mínimo uma covardia o inimigo mortal do falecido ter a coragem de ir politicamente ao velório e encarar o desafeto que sempre o evitou.

Enxurradas de amplas liberdades podem ser nefastas quando enlameam solos sem as sementes que vão germinar as raízes frutíferas.

Semente não jogada
Em terra sacrificada
Escrota erva daninha
Pelo sereno advinha

A esquerda tupiniquim quando ganha uma eleição acredita que todos estão juntos e que as raposas perambulantes vão ajudar os fracos e oprimidos. Não avaliam que, na primeira queda de um pequeno disjuntor, a mídia perversa e incurável, e a direita escrota e persistente vão culpá-la por um apagão nacional.

Na jovem passeata, o velho ateu, um bêbado cantor, poeta, comenta com bom humor: “Na guerrilha era água, cigarro de palha, sardinha em lata e leite condensado, nada de Heineken, baseado e barrinhas de cereais".

O povo é uma massa amorfa que tanto pode se cristalizar ao invadir palácios de tiranos, como ter a insensatez de desacorrentar monstros de porões.

8 – A imparcialidade que buscamos

Começa que nossa justiça pode ser cega, mas se ouvir barulho de moedas, ela respira fundo.

Do eleitor descalço das ruas ao eleitor calçado dos tribunais de justiça, pergunto: "Será que todos votam de acordo com a consciência?"

O nosso direito é burguês e preconceituoso, feito de textos maravilhosos e práticas sinistras, a mesma letra pode ser cada vez mais viva para poderosos e definitivamente morta para os pobres.

Na prostituição federal, procuradores e juízes antecipam odiosas decisões de forma tão rápida para a grande mídia que advogados ficam sem tempo de comunicar aos seus clientes que vão ser condenados pela opinião pública e seus nomes jamais esquecidos.

Sem nenhuma preocupação com o demérito, pedidos de vistas são feitos para que ministros sentem nos autos e aguardem os anos passarem.

A burocracia prescritiva é o melhor recurso para que os espertos passem por justos.

A moeda corrente determina e impede que cadeados de muitas celas se fechem.

Ao sentir e se certificar que numerosos processos a serem julgados são de injustiças nas ruas, sem defensores e sem previsão de audiências pela Justiça, e que o timbre famoso de bancas de causídicos engendram, definem e apressam veredictos, o mendigo, debaixo das estátuas de Têmis e Dice, grafou a dona Justiça: "Só agora senti que você nunca (h)ouve!"

Magistrados e promotores investigados por qualquer suspeita recebem tratamentos corporativistas como: prerrogativa de foro, investigação sigilosa, afastamento remunerado e prescrições deliberadas. Se condenados, a aposentadoria com vencimentos completos. São escárnios intoleráveis, não aplicáveis a outros mortais da administração pública e muito menos ao cidadão comum.

Os pobres não percebem direito: não são ricas todas as letras do direito.

A moral insana de um magistrado não pode influenciar na condenação de um imoral.

É muita pretensão e arrogância alguém querer impor ajustes de conduta. Dialética e psicologia não são especializações profissionais da alçada de promotores de justiça.

Saindo do terceiro para o quarto, só os quintos para tanta fome de poder.

E vitaliciedade é uma pretensão tão escrota, anacrônica e repugnante que mostra bem o caráter egoísta de quem reivindica.

Vitaliciedade é a consagração definitiva do egoísmo, que, transformado num barro petrificado, obstrui o fluir e a oxigenação dos caminhos naturais da vida.

Pobre furtando sabonete, ladrão, flagrante; madame furtando bolsa de marca, desajuste de conduta, cleptomaníaca.

Operário que furta na empresa um bem que produz não tem o benefício da imunidade por ser político, digo, trabalhador. A senhora que furta um chocolate de uma loja de shopping não tem o benefício da prisão domiciliar por ser executiva, digo, moradora de rua. Desta forma, fica claro porque os espaços das celas são bem menores para receber os grandes.

A saga de professores para manter, sem recursos, escolas precárias e mal conservadas ajuda a manter as verbas, vencimentos e o conservadorismo que sustentam os colendos palácios dos tribunais de justiça.

Ardilosos e desnecessários procedimentos formais, decisões na rapidez de interesses ou visibilidade televisiva, exigências marotas em detrimento de conteúdos, inquéritos civis sem a responsabilidade do prazo, inquéritos policiais que acendem luzes que por vezes os processos apagam, crescentes lawfares por vinganças ou preconceitos ideológicos e advogados que abrem portas inviáveis aos pobres são atos corriqueiros que atropelam a justiça plena e justa, e que abrem caminhos para a revolta popular contra estas arbitrariedades e o cinismo das classes dominantes.

Em meio à procura de brocardos latinos para suas petições, advogados observam da janela crianças se alimentando do lixo desperdiçado pelos donos da renda nacional e dementes pelados se refrescando no chafariz da praça da Justiça. Na hermética sala de audiências, sob a proteção de um crucifixo, o magistrado adia mais uma vez a sessão.

Estimulados, presos condenados por pequenos erros primários se armam e tramam graduações maiores, todas baseadas nos ensinamentos dos mestres em grandes erros sem punição.

O joão-de-barro é uma ave irracional, mas com espírito de cidadania e muito juízo, mesmo na desgraça das tempestades, nunca exigiu do poder público auxílio-moradia.

Ao ouvir que cláusulas pétreas têm aplicabilidade relativa, e que a literatura permite julgar sem provas, me convenço que o terraplanismo tem muitos horizontes no nosso mundo jurídico.

A lei é a expressão da vontade geral, dos lobbies.

Quando sinto a firmeza do terraplanismo jurídico, vejo o obscurantismo crescer, e a luz diminuta sumir dos círculos cada vez menores do bom senso e da esperança.

Nossas penalidades legislativas são tecidas num emaranhado interminável de retalhos, tudo para que os remendos só acobertem aos interesses de quem entrelaçou essas peças.

Leis obsoletas, de interesse dos ricos, que em certo momento necessitam agregar os pobres, acabam machucadas, costuradas, remendadas, desfiguradas e mordidas no seu cerne antes de ser reformadas e sancionadas.

Debaixo de incontáveis togas, fardas e paletós, cultiva-se um decomposto de ódio, rancor, intolerância e ressentimento que se torna repugnante até para velhos coveiros.

Lavadas pela fraudulência e nunca ocupadas, verdadeiras mansões em edifícios de luxo na orla de praias aburguesadas, que podem estar no nordeste ou em Miami, nunca despertaram jatos de curiosidade nos mitos da lawfare.

Na clareza de muitos julgadores, são obscuras as provas contra a corrupção tão à vista.

O sufoco para o cidadão carente é que a Justiça para ele incandesce sem água e para os poderosos transborda de tanto ferver.

Os moradores que dormem debaixo dos papelões ajeitados em qualquer canto da cidade, mesmo abandonados, doentes, mal alimentados, sujos e sem rumo, e considerados seres humanos protegidos pela carta magna, não conseguem encontrar o mínimo amparo legal para pleitearem o auxílio moradia.

E sem condições financeiras, crianças com pai ignorado e a mãe na vida, abandonadas como tralhas descartáveis, meninas grávidas com HIV positivo, porque gonorreia e sífilis são do passado, não conseguem pleitear através de custosos advogados especialistas, de todas as recorrentes formas jurídicas possíveis, chegando até ao STF, reivindicações de infinitos penduricalhos e reajustes isonômicos com os carentes que recebem alguma contribuição pública.

Todo vivente pensante tem sangue, fome, sede, urina, respira, defeca, sonha, deseja; afinal, todos são iguais até perante a lei, mas os hábitos humanos são simulacros desta igualdade.

Não são poucos os condenados com penas prescritas escondidos na frente de muitos.

Sempre leio novidades impressas no Diário Oficial; são ordenamentos administrativos e leis que dão a impressão de que são da vontade geral.

Nesta pátria de tantas leis no papel, a impressão é nítida: os sem caráter embrulham o honesto e amarram o país.

No para-choque, o caminhoneiro, sem cobrar nenhum honorário de seu notório saber, dá o parecer da nossa Justiça: "Ela tarda, mas não chega!"

E a nossa polícia, adestrada para procurar comunistas até debaixo da cama, perdeu a visão da mãe-pátria cada dia mais estuprada por organizados narcotraficantes, devastadores agropecuaristas, crescentes milícias e mercenários megapastores que, acobertados por uma mídia mentirosa, sapateiam em cima do nosso eterno berço esplêndido.

O Estado brasileiro, promíscuo em relação à inteligência na segurança pública, que vê a cada dia o crime organizado montar empresas de fachadas tão à vista, carcomido por milícias, e onde dezesseis entre dezessete oficiais militares estão na reserva e visceralmente envolvidos com empresas de segurança, ostenta o maior exército de segurança bancária do mundo.

Polpudas verbas públicas vão para segmentos fardados que justificam seus erros, sacanagens e incompetências com a paranoia do comunismo, e cuja "inteligência" não levanta armas e drogas armazenadas em locais escandalosos pelo país, nem receptadores de tampas de bueiro.

Polícia é na rua, protegendo o cidadão, nunca em quartéis, servindo alojados oficiais, ou em mordomias para políticos e para a casta dos privilegiados.

Das dezoito às doze do dia seguinte, das dezoito da sexta ao meio-dia da segunda, feriados e recessos, autoridades responsáveis por leis oportunistas e sem critério de aplicabilidade sequer procuram tomar conhecimento de fatos que se relacionam a elas. Petulâncias que na prática, se as ocorrências forem graves, acabam é sobrando para os policiais destes plantões.

Os bons manuais de guerrilha urbana tratam do confronto, quando necessário, como um ato extremo e fora dos padrões, e descrimina suas táticas. Massacrar em grande número reles traficantes e não seus líderes, para produzir estatísticas e mostrar que a polícia existe, nada resolve e só aumenta o número de heróis entre a população, e por aí vai. E a inocente velhinha de 80 anos, ao assistir estas cenas e comentários, indaga: "Mas se existem tantos traficantes é porque existe um mercado consumidor muito bão, não acham?"

Quando um oficial vai a uma delegacia apresentar ocorrência de militar subalterno, faz continência para o delegado, dá a mão para o repórter e cumprimenta com a cabeça os demais presentes, são sinais de que a barafunda foi bem grande.

Quanto à exploração televisiva da insegurança pública, desordem e desrespeito ao cidadão é o risco de invadir cativeiros com hora marcada e transmissão ao vivo, cenário mercenário e irresponsável que já levou vítimas à morte.

O melhor plano de segurança para o presidiário comum é o da facção criminosa dominante. Não cobre alimentação especial, cama boa, cigarro, saúde, sexo e advogado. Mas garante um banho de sol tranquilo, doses de maria-louca, não ser molestado sexualmente e a precária preservação de sua vida e de seus familiares.

Nas badaladas casas noturnas todos usam etiquetas de grifes; não dá mais para diferenciar o playboy, filho de sonegador, traficante ou desviador de dinheiro público, do filho do operário que explode caixas de bancos.

O prazer obsessivo de um povo por armas é a melhor munição para abater o IDH de um estado sem barreiras para o crime.

Até a década de 1970 o brasileiro sabia a escalação do seu time e da seleção, e desconhecia por completo os nomes dos membros da última instância da justiça. Hoje, o quadro inverteu com assustadores agravantes: as pessoas desconjuram os jogadores e sabem o endereço até da sauna frequentada pelos membros do STF.

Debaixo das asas das forças armadas, da estroinice dos ministérios e secretarias executivas federais, de um mito protetor mentiroso e capanga, de um mentor ideológico ligado na dialética das antas, do desmanche da polícia civil, da corrupção da polícia militar e retaguarda dos evangélicos, as milícias vão subindo muito acima dos morros.

Para creditar um pouco de justiça aos homens, suas criações e criacionismos, pergunta-se: "Fora as chacinas, massacres, extermínios e genocídios, qual o percentual de homicídios esclarecidos na história da humanidade?"

Milícias são degenerações genéticas da segurança pública, produzidas em obscuros laboratórios da administração governamental e comandadas nitidamente por mercenários do crime.

Milhões de pessoas morrem diariamente pelos mais sórdidos motivos, mas os direitos do ser humano não são obrigatórios, apenas uma inacreditável convenção de sugestões.

Preservação

No morro,
não morro.
Porque,
ser presente,
vem presente.
Portanto,
nunca vi
o que vi.

9 – *A tecnologia que devora os indivíduos*

A tecnologia abortou o tempo para um homem precário e abriu o ventre para a eletrônica gerar cérebros imbecis que tornam as crianças suas dependentes, e não mais de seus pais.

O homem tecnocrata, afastado da temperança, vivendo em grupos, mas destituído cada vez mais da convivência humana, vai se tornando, além de senhor de si mesmo, num composto mais tenebroso que seu ancestral primitivo no estado bruto.

As facilidades aos excessos de conteúdos aumentam a velocidade do conhecimento, mas enfraquecem e reduzem os reflexos, bem como limitam o tempo de evolução da sabedoria.

Os oligarcas das comunicações envenenam o noticiário e incendeiam o povo com fagulhas de bajulações, fatos irrelevantes, discórdia entre os pobres, atos sanguinários. E apagam cruelmente a realidade.

O poder mercenário das comunicações esboça o diabo da cor que convém, e um deus colorido, sempre projetado na luz esquematizada das religiões.

A grande imprensa, perversa e manipuladora, ainda é intolerante, igual a mãe que belisca o filho por qualquer motivo. Quando ele se revolta com um safanão, ela grita um histérico cruz credo e condena o ato como imperdoável pecado mortal.

As religiões semearam as mentes humanas com preconceitos, racismos, misoginias e arbitrariedades, a tal ponto que até aqueles rotulados de bons, no anonimato das redes sociais, começam a verter sua psique bem mais para o mau.

Os analfabetos funcionais formam uma massa com mente estática e incapaz, que os crápulas funcionais utilizam através de estímulos eletrônicos para difundir massificantes insanidades.

Sem conceber nenhuma realização intelectual e científica, é impressionante como idiotas a cada dia sabem mais segredos da humanidade e divulgam nas suas redes de fake news.

As pessoas eliminadas do presunçoso BBB, depois de a execrável mídia atiçar os imbecis, conseguem mais audiência que a do Lázaro quando ressuscitou e saiu da tumba.

Os midiopatas crônicos que adoram violência e não acompanham bons noticiários são os sabichões que estão formatando uma temerária doutrina de obtusos, influenciando jovens que, sem saber, valorizam mais a cegueira das escolas depredadas do que a luz da construção dos mestres.

Em duzentos anos, os poderes imperantes e as novas religiões manipularam as comunicações e conquistaram os infortunados de uma forma que nem a Velha Igreja tinha conseguido em toda a história da humanidade.

No intestino da era digital, as ferramentas virtuais estão desenvolvendo um sistema perceptivo diferente, mas inconsequente na digestão onde, para os beócios, interagir é não ter restrições de esparramar belas merdas nas redes sociais.

A velocidade da mídia eletrônica faz com que a atual sociedade, a mais informada da história humana, acelere cada vez mais na contramão do conhecimento.

O escracho das redes sociais desmascarou os rancorosos, maldosos, debiloides, paranoicos e sociopatas camuflados, que agora tecem, cheios de razão, comentários sobre o que desconhecem, formalizando diagnósticos que psicólogos e psiquiatras demorariam anos.

Misoneístas são aqueles que pensam que qualquer manifestação de arte, filosofia, aprofundamento histórico e descobertas científicas são perigos que devem ser contidos de forma obstinada. E, mais recentemente, destruídos por memes e vilipendiado por fakes news.

As lucrosas imagens radioativas da televisão levam aos olhos vidrados dos rudes e infantes um raciocínio concreto e passivo, sem intervalo para a reflexão.

O conservadorismo político dos noticiários, a exposição gratuita da violência e a exploração da fé dos necessitados estão criando batalhões de midiopatas patológicos, defensores radicais de políticos safados e apresentadores que cultuam a violência e a má fé. Esta estroinice televisiva, que ignora fake news e não dimensiona campanhas contra a doação de sangue e vacinas, logo vai converter esta gente em exércitos obsessivos contra as pesquisas científicas e a inteligência universitária.

Nos enfiam guela abaixo, vinte e quatro horas por dia, longos programas idiotas de auditório, extensas entrevistas com amantes de atores de novelas, inúmeros missionários mercenários e o pior sensacionalismo criminoso. Mas, se houver protestos contra essas insanidades, debates e panfletos contra isto em ônibus, metrôs e lugares públicos, vão propagar que são perigosas táticas comunistas. E se for na porta das emissoras, os críticos vão ser recebidos com balas de borracha na jugular.

O homem formatado sem ideais civilizados, e preenchido com informações inúteis, se torna um perigoso néscio robotizado.

Ser bem informado ou engolir quantidades de letras não leva à sabedoria. Sem a incessante observação cognitiva e a reflexão sobre as experiências, o cérebro não passa de um mísero chip que respira.

A dinâmica irreversível do tempo deixa, no claro ou escuro, pouco espaço para reflexos.

O luar que no chão de terra clareava instrumentos em couro de gato, e inspirava simplórias genialidades poéticas de sambistas, não reflete nos acrílicos e parafernálias eletrônicas que sustentam obscuras e presunçosas composições em brilhantes palcos.

Em estúdios sem ventilação para o factual, mas acelerados pelas facilidades tecnológicas, locutores abestalhados que propagam o espetáculo de um mundo raso e alienado crescem porque há sempre idiotas disponíveis para suas claques.

O rádio evoluiu em tecnologia e potência, mas seu encéfalo continua retrógrado. Na programação AM, excluindo o futebol, o ouvinte tem pouco noticiário ou debates importantes, ele é sufocado pelo sensacionalismo, cultura inútil, conselhos tolos, entrevistas e fofocas pessoais de celebridades vulgares, conversas vazias e idiotas ao telefone, discussões estéreis sobre assuntos fecundos, músicas com letras banais, que são divulgadas pelo jabaculê dos interesses em sucessos efêmeros das gravadoras, reportagens com incentivos à pena de morte e julgamentos à moda de Talião. Fora a invasão dos chucros iluminados que exploram comercialmente a religião, ou acham que encontraram a verdade, tentando induzir os infelizes perdidos no vácuo nacional para seus templos monetários. Na FM, que no início só tocava músicas orquestradas em salões de espera, passou-se a divulgar o brega produzido aqui e o que os norte-americanos jogam na latrina. A FM foi invadida por locutores arrogantes e capadócios intelectuais que, sem saber, ironizam a própria estupidez. Enfim, poucas com música de qualidade e muitas investindo na mediocridade e na sua lucrativa salvação.

10 – A safadeza dos investimentos internos

Destaques e prioridades dadas em noticiários à perversa especulação na bolsa de valores e à predatória cotação de moedas internacionais, comentados por insolentes com a desigualdade e distribuição de renda, infelizmente importam mais que críticas literárias, musicais, teatrais ou de qualquer áurea humana de valor não especulativo, mas infinito.

Quando o mercado perde uma fração de centésimo de sua ganância, surgem as manchetes, editoriais, artigos, entrevistas e debates arrogantes com os apologistas da desgraça, enquadrando um terrorismo econômico que tortura qualquer cidadão.

Os números do impostômetro não informam as incontáveis manobras sonegadoras no trajeto de qualquer mercadoria antes de chegar ao consumidor final, as corrupções ativas, descarados cartéis e os preços sobrepostos sem necessidade.

Quem investe em bolsas de valores sem ter informações privilegiadas, com certeza não é um arrojado rentista, um capataz dos abutres e bolhas voláteis internacionais ou um jogador profissional cansado de ir a Las Vegas. Não passa de um inocente útil que bem rápido perde seus anos de poupança, um marajá público que brinca com os excessos de seus vencimentos ou um obtuso pobre de direita que aplica num fundo e fica delirando com as cotações e comentários nas mídias.

Nem os vírus mutantes, mentirosos e destruidores espalhados pelos robôs dos escritórios do crime, nem as genocidas mortes nos hospitais por falta de leitos contaminam o mercado financeiro. Somente fortes críticas e articulações oposicionistas a um repugnante governo de direita derruba as avarentas e ardilosas bolsas de valores.

Quando colocam ações de empresas de abastecimento ou saneamento básicos na bolsa de valores, os acionistas pouco se importam se você vai morrer de sede ou na merda, na casa deles vai ter sempre um caminhão pipa para encher o vão de suas inconsequências.

Há dois caráteres distintos dos que vivem de renda: as rendeiras e os rentistas.

Liquidez financeira é aquilo que muitos mendigos tem no bolso, e que o avarento não tem no momento, nem para esmolas.

Competitividade pode ser uma saudável antítese do oligopólio, como também uma fixação doentia de afogar concorrentes. O que estes atores acabam não avaliando é que um dia, por uma imprevisão qualquer, podem se tornar vulneráveis e terem que aceitar um copo d'água de algum antagonista.

Os calhordas prósperos que exploram as parcas economias e esperanças alheias, que transitam em veículos blindados e helicópteros, e vivem atrás de altas muralhas, além de não refletirem sobre a existência de vidas além da sua, acham que suas identidades e direitos estão bem acima do limite das suas ações e obrigações.

Grandes minorias massacradas pela força de minorias privilegiadas, quando protestam, são reprimidas com bombas de efeito imoral. Bombas de efeito moral seria se reprimissem na Bolsa de Valores, nos pregões sem protesto, a força das minorias privilegiadas enchendo as bolhas que vão explodir nas grandes minorias.

O badalado presidente Juscelino Kubitschek foi quem abriu as portas para o enxame das empreiteiras, e a ditadura militar foi quem deixou elas tomarem conta da casa, incentivando megaprojetos de forma precipitada, inadequada ou desnecessária, mas muito interessantes para todas as partes.

Quem partilha de abertas concessões públicas se desfaz em fechadas concessões privadas.

E empresas ditas sérias se divertem na concorrência dos rodízios dos envelopes marcados.

Quando um governo conservador anuncia uma atmosfera de inflação controlada, crescimento retomado e instituições funcionando, é porque os preços na estratosfera, o desemprego para os pobres e a corrupção descarada caminham juntos.

Esquema é um artifício invisível, mas está sempre bem materializado nos acordos de grandes interesses.

A acobertada caixa secreta dos cartéis só é aberta pela vaidade incontrolável de um de seus membros.

Constantes vagões, carretas e embarcações levam commodities de minério de ferro e inúmeras riquezas aos portos escoadores de nossas matérias primas para a boca das potências predadoras e carnívoras. Operações sem operários, economia desumana, quem opera são câmeras a serviço das bolsas de valores e escritórios de vampiros. Riqueza genética que retorna através dos manufaturados importados que poderiam ser produzidos por operários daqui, mas que são levadas por essas commodities lucrativas a tantos parasitas.

A lama rebentada dos rios represados sufoca os campesinos, as cinzas das reservas florestais incendiadas dizimam os indígenas, as balas dos policiais militares carregadas de preconceitos matam os desvalidos, a precariedade dos serviços básicos e essenciais elimina os necessitados, o lucro excessivo que enxuga os meios de produção extermina os trabalhadores, e as reuniões da Fiesp a Bildeberg, sob proteção divina, exaltam o conservadorismo e as barbáries que preservam o capitalismo.

Viciados nas bolsas de valores, de olho nas offshores e seu quadro de "laranjas", sedentários rentistas mascaram no cotidiano seus racismos e homofobias, mas frequentam terrenos de macumba, se infiltram nas torcidas organizadas, desfilam em escolas de samba – ambiguidades desmascaradas nas graças feitas nos salões de pôquer, quando taxam de vagabundos quem recebe bolsa família.

A usura é o vício mais cruel de quem, além da ambição de explorar necessitados, ao delirar no acúmulo de dinheiro, nem sente estar dominado pela metástase generalizada da ganância.

Na entrada das macropadarias e shoppings higienistas, os acionários sem renda incomodam os reacionários rentistas.

Pessoas da limpeza desconhecem o quanto são significativas nas belíssimas lojas, principalmente de shoppings centers, onde, mesmo com um grande número de funcionários, vivem vazias, mas limpas e com substanciosos faturamentos.

Deixar de investir e atualizar, para nomear conscientemente incompetentes e corruptos na gestão administrativa pública, desmontando hierarquias, desvalorizando funcionários para diminuir drasticamente a qualidade, bem como propagando que são incompetentes, não passa de uma velha tática de deteriorar repartições e empresas públicas. Tudo para leiloar safadamente serviços e riquezas da nação para a iniciativa privada, de amigos.

Acreditando em promessas, mas percebendo que seu voto eleitoral ajudou no aumento do IPVA que ele paga de forma limpa, e que contribuições continuaram isentando de taxas, impostos e tributos helicópteros, iates e jatinhos lavados com dinheiro sujo, bem como rendas sobre dividendos e fundos imobiliários, o cidadão sente a ineficácia de ficar indignado e sofre na pele o escárnio de uma democracia que nunca (h)ouve.

O fogo propagandístico do crescimento econômico em terra de safados, é como um balão junino, sobe rápido e bonito, mas murcha logo e se incendeia quando encontra a realidade dos ventos e tempestades. E o que é pior, pode cair inconsequente e prejudicar incautos.

Na tão propalada terra abençoada, que cresce como a pior distribuição de renda do planeta, seus atores reclamam do crescimento da violência, como se os marginais não seguissem seus exemplos, não se modernizassem e continuassem se limitando a furtar carteiras em ônibus.

Os investimentos pedindo bondade, tipo Criança Esperança ou Big Mac Feliz, são mais lucrativos que saldar os impostos que sonegam ou incluir carentes de maneira permanente. Da mesma forma são as campanhas do agasalho, bem melhor que destinar verbas contínuas para os necessitados.

No paraíso das riquezas ilícitas, bilionárias sonegações, apropriação de bens públicos, mais rentável sistema bancário, lucros fabulosos com planos de saúde e escolas privadas, ganhos com a pecuária, soja e cana-de-açúcar produzidos em terras invadidas, vantajosos investimentos na insegurança pública, ainda assistimos estes respeitosos senhores tentando endiabrar e criminalizar a pobreza.

11 - A safadeza dos investimentos externos

Os trilhões que os paraísos fiscais acobertam através das parafernálias que os pulhas descarados do sistema financeiro internacional esquematizam dariam para fincar o Brasil e introduzir toda a África no "Primeiro Mundo".

Para uma nação que desenvolve armas químicas sem conseguir eliminar simples doenças, sonda água em outros planetas sem conseguir tornar potável a do mar, fala em paz mas estimula conflitos para a venda de armas, se alimenta de petróleo, respira morfina, sai pelo mundo pregando o evangelho a toda criatura, na moeda se acha iluminada e confia em Deus, tudo parece muito contraditório e cruel.

O escudado Tio Sam distribui bíblias e vende armas nas lojinhas das maternidades de seu país.

Conspiradores tentaram implantar a nova ordem se beneficiando de duas guerras mundiais, mas constataram a dificuldade de ir ao encontro de demandas sociais através de missões religiosas, benevolências, fundações, conferências, ONGs, controle da mídia. E constataram que a corrupção ativa em cima de políticos e autoridades públicas, gerenciando uma inteligência constante, tudo se torna mais fácil.

Ide por todo o mundo, pregai o evangelho a toda criatura, "e venda armas a todas as nações, para exterminar os comunistas", completam os belicistas norte-americanos, depois da chegada dos seus missionários.

Missionários aportam em regiões onde disputas étnicas ou religiosas vão sendo atenuadas há muito tempo pelos líderes locais. Instalados, obtém informações estratégicas e levantam todas as riquezas cobiçadas por exploradores e não usufruídas pela comunidade. Tumultuam esses conflitos internos e geram até absurdas guerras civis, onde o país de origem desses religiosos, somado aos cartéis internacionais, terminam lucrando na venda de armas para os dois lados do conflito. Finda a tencionada mortandade, templos são construídos para monopolizarem os aflitos, que no desespero da sobrevivência, agradecem a chegada de grandes marcas mundiais, bem como dos investimentos nas riquezas debaixo de suas terras arrasadas. Na conformidade dos interesses capitais, estes nativos esquecem até das disputas do passado e o papel daqueles missionários que lá aportaram, conseguiram dividir sua região para meia dúzia de milionários sórdidos e criaram milhões de pobres inertes.

Não são os invisíveis querubins atrás das constelações que você imagina e acredita reinar e controlar sua vida e mente. É o olhão triangular de visíveis falcões em frente a uma bandeira estrelada: são eles que realmente consomem sua vida e mente (m).

Nos anos 70 a 90, fantasmagóricas fábricas, galpões e prédios abandonados de Detroit ou Chicago assustavam. Decadência menor ocorreu numa faixa do bairro da Mooca ao ABC paulista. Cenário que a pandemia de home offices deixará em breve para os arrojados e arrogantes escritórios da Berrini e Faria Lima.

Quando governos cortam privilégios, e transnacionais abandonam países da noite para o dia, deixando milhares de desempregados, desnuda-se a indiferença humana do capitalismo. Diferente das igrejas evangélicas transnacionais, que não reclamam, crescem com o dízimo dos carentes e continuam na sua alienação para novas investidas do capitalismo.

Em leilões de arte, obras do patrimônio da humanidade são adquiridas por investidores venais ou maníacos, guardadas em lugares secretos, bem longe dos sem recursos, que podem ser simples apreciadores ou preparados estudiosos.

O capitalismo é um cupim que devora construções desprovidas da mais valia.

12 – *Rotinas diárias e cinicamente ignoradas*

Meninas abandonadas que procuram dormir entre sacos de lixo, num canto qualquer da cidade, são molestadas e incomodadas por várias ratazanas: as que a fazem sangrar, e as que devoram seus fetos.

A nossa escumalha humana, bem formada e petulante, que nada entende de relação de causa e efeito, toma um gole de cerveja e arremessa a lata cheia no meio da rua. Em pomposas motos e reluzentes carros com escapamentos abertos, aceleram seus motores ao máximo, despertando, a qualquer hora, doentes, recém-nascidos, idosos e trabalhadores, causando efeitos incivilizados, muitos de consequências criminosas.

No centro de São Paulo, vários imigrantes vindos de regiões do planeta onde se desenrolam violentos conflitos étnicos e religiosos, ao conviverem aqui como irmãos, provam como o mundo é vítima das intrigas dos fabricantes de armas.

Do alto do andaime, o operário temporário avista a larga avenida dos negócios velados e sente o cheiro de ilusórios restaurantes. E bem longe, as nuvens negras da periferia onde sobrevive. Além do capacete e o crachá, para caso de reconhecimento, ele carrega um radinho, para no almoço ouvir um programa diário sobre vinhos.

O enriquecimento prematuro de muitos nascidos com um dom especial, principalmente em habilidades, mas carentes de uma formação mais ampla, como futebolistas, faz que não concebam a humildade, se envolvam com a avareza e a soberba e escondam suas origens.

Quando a sociedade é justa, a consciência acredita que graves razões devem existir, e facilita ultrapassagens pelo acostamento.

Cabelos e vestidos longos, milhares de mulheres estáticas choram com o palavreado e a encenação de megapastores. Cabelos e vestidos curtos, milhares de mulheres agitadas choram com a cantoria e a encenação de megassertanejos.

A vibração de humanos com o corpo desfigurado de um lutador de MMA num ringue não é a mesma com um lutador que pesquisa e obtém conquistas para a evolução humana.

Os desvairados, tatuados com a suástica ao lado da estrela de Davi, se dizem apolíticos. Sem dúvida!

A mulher, classe bem média, extremamente sensibilizada pelos apelos de um badalado locutor matutino, rodou e achou o auditório que procurava. Debaixo dos holofotes, ela ajudou uma necessitada de classe bem baixa. Semanas antes, na porta desta caridosa, esta mesma carente fez a ela o mesmo pedido. E ouviu da proprietária os mais altos desatinos.

Nos bairros elegantes há muitos rebeldes procurando causas, enquanto nas periferias há várias causas procurando rebeldes.

O inteligente comum que estanca no seu talento e não amplia seus conhecimentos políticos termina se ajeitando com a massa alienada dominante. Os gênios e superdotados que estancam em seus talentos, e não ampliam seus conhecimentos políticos, vão louvar qualquer senhor, do bem ou do mal, desde de que os alimentem com uma simples banana.

Ações secretas e sólidas entre amigos formatam, aproveitando-se de estados líquidos imobilizados, nuvens obscuras que beneficiam restritas castas gasosas.

Mistério é algo que ainda não foi explicado, agora, manter segredinhos notórios em rituais não passa de um egoísmo escroto ou brincadeira de idiota.

Por fora, é visível as pedras de arcaicas construções desmoronando sobre cidadãos comuns. Por dentro, a cegueira entre paredes sem luz, distintos irmãos insistem em petrificar essas obras ultrapassadas.

Muitos dirigentes veneráveis sabem que são guardiões de princípios anacrônicos e desgastados pelo escrache, mas o revisionismo acaba enfrentando articulações intestinas piores daqueles que limpam os colendos banheiros de casas noturnas.

O tecido social, desigual, repleto de símbolos e figuras entrelaçadas numa moral tacanha, mais voltada ao evangelho dos traficantes e às armas dos corruptos, costurado por discursos sem vida, nunca vai produzir e vestir a conciliação de classes.

O olho do triângulo de latifundiários, empresários gananciosos e especuladores financeiros não enxerga os anjos "profanos" que pedem uma moeda, nem os "irmãos" que repousam sobre as embalagens de papelão.

A greve geral de 1917 obrigou os exploradores a respeitar mulheres e crianças: o anarquismo profano clareou muito mais a história humana brasileira do que propagam os iluminados.

Antes, vestimentas impecáveis, pratos, garfos, facas, colheres, copos e guardanapos radicalmente dispostos sobre uma limpíssima toalha. Celulares desligados e guardados, todos falando baixo. Depois, na sequência dos discursos e homenagens, restos do banquete em pratos enlambuzados, talheres engordurados e espalhados, alguns pelo chão, copos com restos de bebidas, guardanapos amassados por todo lado e, sobre a toalha, alimentos esfarelados e manchas de bebidas. Os celulares são acesos, a gritaria é geral, as gravatas são soltas, os paletós são pendurados nas cadeiras e os pés femininos se livram dos saltos altos. Um contraste que começa com o smoking do maître e termina com o escovão da limpadeira. Nos dias seguintes as colunas sociais sempre dissimulam a segunda parte.

Enquanto jovens de países vizinhos debatem na porta de livrarias, e crescem se manifestando e reagindo às opressões, nossos jovens, na entrada das lojas de conveniência, brincam de tapas, empurrões e risadas histéricas, pior que cachorrinhos recém-nascidos.

A socialite, com tendinite de tanto bater panela na sacada da cobertura, que desfila com camisa amarela com frases cheias de ódio, quando vê num cruzamento vários pedintes, pede ao motorista para abaixar o vidro e, com muita fé, se sente de alma lavada ao encher as mãos das crianças carentes com moedinhas.

De branco, socialites, investidores que lucram com o dinheiro público, oficiais prematuramente na reserva, togados de bermudas e pessoas que se dizem salvas do pecado fogem de suas responsabilidades e correm para os desfiles piegas da palavra paz. Mas, como nuvens ao vento, o frágil cenário num súbito se desfaz.

Nas avenidas centrais ou beira-mar, fechadas aos domingos, a exposição de meia dúzia de lambedores da merda acumulada na sola dos milicos, com gritos nazifascistas, camuflados com botas, boinas do lado e bandeira nacional, incomodam até a liberdade de muitos adeptos: burgueses mais preocupados com o rendimento de seu cooper.

A maior cobiça da classe média brasileira é subir no pau-de-sebo da ganância e, sem se incomodar com a caminhada de deslizes, chegar no topo de uma das elites mais egoístas e perversas da humanidade.

Pobres são conservadores por desinformação, ricos, por interesses, e a classe média, por canalhice mesmo.

Se você for a uma festa da alta sociedade, não se preocupe, a segurança exagerada é para inibir que alguém furte seu celular, joias ou abra sua bolsa. Porque os donos dessas festas já levaram, em algum momento da sua vida, alguma coisa que lhe pertencia.

Alguns seres humanos anunciam chuvas de meteoros, que acontecem no momento previsto. Outros seres humanos pregam que a terra é plana. Alguns seres humanos procuram voar, outros, procuram o abismo. Se não for assim, a vida perde sua imprevisibilidade, ou a graça.

E, no futebol, nenhum clube rival ou torcedor, por mais fanático, violento e idiota que seja, jamais conseguirá destruir as conquistas históricas dos seus adversários.

Jogador de futebol antigo sentia era dor, desconforto era a cama da concentração.

Nos jogos Panamericanos de 1963, em São Paulo, vivia-se uma democracia interessante, com muito cultura e respeito. Na abertura, o público no Pacaembu era composto em sua maioria por estudantes e cidadãos comuns. Na entrada das delegações, o aplauso espontâneo e maior foram para os atletas de Cuba. Campeonato Mundial de Futebol de 2014, no Brasil. Na abertura, em São Paulo, uma elite aristocrática vil, cruel, perversa e cínica, bem dirigida, vaiou com palavrões a presidenta eleita democraticamente, Dilma Rousseff.

In Posições

Branco e Negro
Amarelo e Branco
Negro e Amarelo
Ele e Ela
Ele e Ele
Ela e Ela
Um turno
Dois grupos
Campo neutro
Apresentações
Sem público
Mas sob críticas
Onde apenas
Pares de corpos
Se encontram
Sob desejos
Bem íntimos
De paz e amor
Sem fim.
- Torço!

13 – As intransigências que persistem

A intolerância quando não tem origem na ignorância gera um potencial destrutivo muito mais abrangente.

Com o dinheiro sujo e sonegado, a burguesia patrocina infinitas festas diuturnas do pó e mantém o crime organizado. Depois, ironiza a honrada mortadela do pobre que acorda de madrugada e mantém diuturnamente a sociedade organizada.

Dementes espumando ou idosos urinados, caídos nas calçadas, não incomodam. Só se defecarem nas vias do corpo social.

Sem a cultura dos cinemas transformados em igrejas, o lazer das praças em pontos de drogas e moradia de mendigos, o esporte nos campinhos em estacionamentos, prédios de fitness e espaço de milícias, a intolerância e a barbárie prosperaram nas periferias e vizinhos agora são potenciais inimigos.

Quando uma das partes começa a dar muitos nós no segmento de uma corda, os extremos vão ficando mais curtos, o que dificulta amarrar e fixar qualquer ponto no gancho do diálogo.

Fundações beneméritas de magnatas e grandes celebridades são iguais aos filhos que depois de explorarem ao máximo os pais, ainda se vangloriam de financiarem a enfiada dos progenitores num asilo.

No ato público, na presença de inúmeras testemunhas, um esquerdista tomou várias facadas de um sociopata e, gravemente ferido, foi para a UTI. Dia seguinte, a mídia publicou que um baderneiro drogado foi agredido por desconhecidos com um pequeno instrumento contundente, e que está completamente fora de perigo.

A Europa, religiosa e xenófoba, que abusou das mais bárbaras formas de escravidão, genocídio de índios, colonialismo, extrativismo de terra arrasada e do apartheid, tudo sob leis protegidas por Deus, vestiu-se com o melhor do mundo. Agora, impede a entrada dos refugiados que deixaram pelados.

Médicos cubanos são escravos multinacionais da solidariedade, médicos brasileiros são escravos das multinacionais dos medicamentos.

As unidades internacionais, por abrigar interesses e não melindrar seus membros, acabam sendo cínicas com religiões, ordens, irmandades, entidades, sociedades e tantos outros teísmos, que, embutidos de vaidades e obscuros interesses, pregam em suas clausuras e simbolismos ações de humildade, perdão, justiça social, filantropia, amor, paz, felicidade, educação... liberdade, igualdade, fraternidade... princípios e doutrinas primorosas para a evolução do homem, mas que nas vias da vida reagem às avessas, perseguindo, onde existem, com intolerância, ódio e crueldade, os contrários.

Pela fome, falta de medicamentos, desprezo, abandono e tantas omissões sociais, milhares de cadáveres são engavetados à espera da autópsia para serem identificados, mas nossos milionários só se comovem com tragédias de visibilidade internacional, doando significativas quantias, provas contundentes do preconceito, crueldade política e de que, para essa gente, o fundamental não é a vida.

A gaveta do necrotério é o auxílio moradia que os governantes oferecem graciosamente aos indigentes que conviveram sem a graça do direito.

O cidadão moribundo, sem plano de saúde quente e em dia, ao entrar num pronto socorro qualquer nem percebe quando a maca desvia da entrada da UTI e vai rápido para a porta do freezer.

Pode-se dizer que não se vê consumidores negros na rua Oscar Freire, bistrôs, restaurantes badalados, padarias gourmet, shoppings de grife.

Frequentando colégios santificados, residindo em condomínios de luxo, ou seguindo carreiras na Justiça, Ministério Público, oficialato militar, altos cargos executivos, medicina, engenharia. Como professores de colégios particulares, sendo fotografados em revistas de moda ou como astros de novelas. Os negros são obstados por um preconceito, racismo estrutural e cultural visível, baseado num dissimulado e absurdo racismo científico: "a burguesia nasceu para ser branca". Esses farsantes que regem a sociedade de "pessoas do bem" ainda negam evidências abstratas, mas materializada em muitos casos, até de forma cruel, enigmática para alguns, mas esclarecedora para muitos, como a de se ver, diuturnamente, negros serem abordados pela polícia militarizada, por outros negros.

Na confraternização natalina, no meio dos presentes, dê uma boneca negra para uma criança branca e aguarde a endêmica reação.

Espaços separados para negros, diligências para massacrar índios e escravos fugitivos, policiais racistas matando deliberadamente, rituais macabros de supremacistas brancos, articulações para armar direitistas, histórias em quadrinhos destes vilões transformados em heróis. São as reivindicações saudosistas dos invasores do Capitólio norte-americano com que os néscios latinos tupiniquins deliram.

Evita que a filha tenha amiguinhas negras, se incomoda com garçom negro, de negros ao lado em viagens, do elevador com mais de um negro, de ser tratado por médicos, dentistas, enfermeiros negros, de contratar advogado negro e até de ouvir padres ou pastores negros. Desconfia do taxista negro e comete inúmeros atos semelhantes até de forma subjetiva, como por a mão rapidamente no ombro da negra que faz o café. Mas idolatra os jogadores negros do seu time e, no futebol com os amigos, bêbado, abraça os negros do lado e faz exaltados discursos hipócritas.

Desfiles de modelos altas e magras, traçando as pernas para mostrar, em fechados salões, tendências nas belas criações de figurinistas, por mais inusitados, em nada se comparam com a graça da criatividade nas vestimentas cotidianas usadas pelos negros norte-americanos que, sem nenhuma tendência, alto, baixo, gordo ou magro, desfilam espontaneamente pelas ruas.

Insensíveis aos negros massacrados, a aristocracia colonizadora distorceu a história, e sobrevive numa elite empresarial dissimulada, preconceituosa, racista, convicta de sua eugenia e muito bem coberta por militares servis, entidades fechadas e branquitude da justiça.

Nas mesas, irmãos gratificam ao criador a permissão pela saúde e as fartas refeições, com os infectos esbanjamentos oferecidos aos irmãos nas ruas, que também louvam estes consentimentos, mesmo causando constantes vômitos e crônicas dores de cabeça.

Eleva-se tanto essa nossa democracia, em que o dever de escolher por vezes quem não lhe agrada só serve à continuidade de regras dissimuladas e obscuras, que já teve descarados votos censitários e eugenia constitucional, mas sempre garantidas pelo ordenamento militar servil às aristocracias e oligarquias egocêntricas e cruéis advindas do império da coroa e transformadas no império da manipulação mediática e perseguição perversa a todos os movimentos sociais crescentes.

Na estridente balada dos privilegiados, os miseráveis são embalados no silêncio, e impossibilitados de participarem do ritmo, meramente dançam.

As filas degradantes de seres humanos pelas madrugadas, para receber insignificantes restituições e benefícios, mostram como o aparelho bancário mais lucrativo do mundo é um mecanismo desumano, extremamente indiferente às diferenças extremas.

Muitas crianças que resistem nos cruzamentos urbanos, impelidas a uma vida cada dia menos doce, se insurgem com balas azedas, realistas e fatais, para a cólera dos isentões.

Grande parte dos amigos de infância nascidos em favelas, cortiços, residências precárias e até na rua, que "subiram" na vida, hoje são raros os que não carregam uma mistura de soberba com imbecilidade, junto a uma carga inexplicável de preconceito, ódio e má fé contra os mais humildes.

A prática diferenciada e imoral em cima de outras pessoas, por grande parte de quem chegou a algum poder neste país, parece ser um prazer crônico de quem obteve este privilégio.

Nasceu na aristocracia, tem alto emprego público, vive lutando por infinitos penduricalhos nos vencimentos, procurando o melhor lugar para se encostar e sonhando diariamente com a aposentadoria. Nunca lembra dos subalternos, mas nas orações não esquece de pedir exclusividade para todos os seus.

Das largas varandas gourmets, empresários "bem sucedidos" ironizam as reuniões de outras coberturas: são seus funcionários e clientes em altos decibéis de som e gritos, envoltos na fumaça de concorridos churrascos em cima de estreitas lajes.

Retirante de um longínguo e desconhecido município, a mãe maltratada e desvalorizada abraça seus filhos e caminha sem documentos para morar com distantes parentes numa distante periferia. Depois de longa procura, empregada como doméstica, a família do patrão limita seu espaço a cumprir ordens e exigências. E, ainda, com quem não completou o segundo ano primário e nunca teve a oportunidade de ler um livro, divertir-se com seu linguajar, excesso de farofa no prato e dos mal escritos recados anotados com a maior boa vontade por esta destemida senhora.

Um nu artístico em performance pública causa uma barulho esquizofrênico tão violento nas pessoas ditas do bem, que acabam despertando os milhares de despidos que mal vivem nas ruas.

Celebridades que vivem sarcasticamente da mediocridade não podem ser simples, como, por exemplo, usar a mesma roupa. O povo simples não perdoa, critica sarcasticamente.

Os sensores tecnológicos dos empreendedores de grandes espetáculos nunca captarão o que os sensores humanos conseguem de um pequeno mambembe.

Com catracas de metrôs liberadas para alegres micaretas, manifestantes pedem o fim da pobreza através da inanição, tiram "selfies" com soldados sorridentes, de cara limpa, e terminam esses atos em padarias gourmet. Em outras passeatas, com seguranças nas catracas, carrancudos soldados com capacetes, escudos, balas de borracha e bombas de gás nas mãos protegem seus infiltrados que filmam até a merda de cachorrinho, tudo para o arquivo reservado do comando, antes de deitarem pancadaria nos manifestantes.

Durante o ano os poderosos subestimam a alegria do povo. No Carnaval, compram, gastam à vontade, bebem, se entorpecem, balançam a bunda, tentam, mas não conseguem escamotear a identidade burguesa. E sem liga fica difícil encarnar aquela autêntica e perenal felicidade ou desfilar em uma passarela que não lhes pertence.

14 – Um inevitável cotidiano

Nas bancas de jornais das rodoviárias quase nunca se encontram os jornais do dia, mas não faltam revistas de fofocas e palavras cruzadas.

Não há sinais de esperança quando, em salas de espera, bares, rodoviárias e tantos lugares públicos, tevês estão sintonizadas nos shows da insegurança pública.

Os belos jardins, vasos e os vidros esverdeados nas portas dos bancos não refletem esta fachada internamente, onde a natureza só é verde na cotação das moedas.

Livrarias e editoras que fenecem na escuridão de ideologias têm seus corações e mentes extirpados para o enxerto de cintilantes "fitness" e "burgers".

Sábado Alegre

O pai no churrasco
não para de falar:
mulheres, comidas,
automóveis, futebol.
Ele precisa se exibir.
A mãe na jogatina
não para de falar:
roupas, empregadas,
parentes, novelas.
Ela precisa de assuntos.
O filho em casa
não para de procurar:
dinheiro, joias,
cheques, bebidas.
Ele precisa pagar o vício.

No seu pragmatismo vivencial, o viciado no jogo do bicho ignora tudo e passa anos xingando o que nunca foi paratodos, dá sempre a milhar que jogou antes ou vai jogar depois.

O estrangulamento do trânsito é uma consequência do sufoco urbano que vai matando o ar romântico e democrático do vai e vem pela agressão fria e engajada de uma mão única.

O bronze dos túmulos de famosos barões vive na eterna cobiça de reles ladrões.

A mente humana é como uma mala formatada, pode ser grande, média, pequena, exibida nas mais variadas tonalidades, preenchida por matérias compostas ou decompostas, ser aberta para o regresso de sua origem, ou lacrada para qualquer destino.

O leque fechado e requintado recebido de uma boa herança não pode ser decorativo, nem demorar para ser aberto, ele tem que arejar a cobiça incontrolável que martiriza os vivos.

A aristocracia perversa junto com a oligarquia manipuladora foi o café com leite mais indigesto da história brasileira.

No clarear do dia, pessoas sem renda, abaladas e sensíveis, observam nos postes e cruzamentos o sangrento fim das reluzentes e insensíveis baladas dos rentistas.

Não adianta puxar o elástico do presente, futuro eterno é só a morte.

Para camuflar as divisões de classe, o capitalismo criou a imagem cênica de Robin Hood, que tira do rico para dar a quem não precisa.

Crianças e adolescentes carentes não mais engraxam sapatos, agora cortam a cana dos grandes.

Um esquecido pequeno escravo pode ter a luz que em difundidos grandes mestres nunca vai brilhar.

No orvalho do tempo, o rouxinol gorjeou para o canário: "Os músicos genuínos florescem e se eternizam, não murcham e se exaurem em sucessos efêmeros".

"As rosas não falam, simplesmente exalam o perfume que roubam de ti" – o negro Cartola, poeta humano e simplório, é um venerável... na irmandade dos sambistas do morro.

Comentei que na parafernália do sertanejo eletrônico nada muda. Um rapaz com longas botas, cinturão e chapéu texano alegou ser universitário, taxou Chico Buarque de comunista e atacou a música clássica como chata e igual.

É um barato interessante quando a barata, perseguida, levanta voo e desaparece, ver a metamorfose, e as destemidas tropas do chinelo recuando apavoradas.

Árvores de Natal são como as crianças na cracolândia, corta-se o que está brotando para que velhas bolinhas brilhem.

O caminhante vivente, que não avalia a dimensão dos seus tropeços e limites, se perde em nuvens escuras, e não vê os abismos logo a sua frente.

O foco de luz que mostra sua sombra na parede pode ser próximo ou distante, maior ou menor, fica a seu critério, é um reflexo que demonstra até aonde vai o tamanho de uma pretensão, que apagada não é nada.

Sem visão,
O necessitado
Por um trocado foi
Sem ver seu ser
Trocado.

A cidade de São Paulo criou uma orquestra sinfônica de alto nível que se apresenta na reformada estação ferroviária Júlio Prestes. Mas a acústica e arquitetura maravilhosas não aliviam a sensação de uso inadequado, de uma manobra que se apoderou do encanto dos trens e que limitou os apreciadores do belo prédio. Concertos seriam mais amplos se executados em espaços limitados pelos "sertanejos".

Os poetas geram deleites às mais variadas mulheres anônimas, que, encantadas, vão rodear seu florido ataúde.

A armação do amor
E a solidariedade
São concretos
Sensíveis ao armado
Pelo rancor e o ódio.

15 – Exercícios de cidadania

Sem nenhuma árvore, a praça futurística, apenas de cimento e ferro, abriga a céu aberto numerosas esculturas da miséria humana. É um projeto que não pode ser alterado, abrigos para moradias são derrubados pelos jatos do carro-pipa ou pelas escopetas da lei. Sem colo e sem teta, com cola e sem teto, e com muita fome nesta enorme selva, as crianças atacam as pessoas do "bem" como pequenos felinos atrás de presas. Os meninos atiram o pau no gato, as meninas têm filhos que não podem sustentar. Nesta praça, sem alegria, os garotos já pensaram em tirar o pavilhão nacional do mastro para se protegerem do frio. Mas, em frente, um quartel das forças armadas está sempre vigilante.

Em volta de longas e dispostas mesas, patriarcas de Grandes Famílias agradecem ao Senhor as fartas refeições que em grande parte viram desperdício. Que privilégio é esse, onde famintos em longas calçadas não sabem a quem agradecer os alimentos encontrados no lixo e dispostos com as mãos?

Dar a vida para blindar bens materiais passou a valer mais que tentar salvar a mãe da morte.

Ruas fechadas com cancelas, muros, arames farpados, guardas armados, câmeras de segurança: são as ações sociais desagregadoras dos sórdidos que, além de praticarem a avareza desenfreada, degenerada e cruel, sonegam, corrompem, reclamam e lutam para evitar a taxação de grandes fortunas. Mas saem às ruas abertas para apoiar os que desejam criminalizar os movimentos sociais.

Corpos que vagueiam silenciosos na cracolândia, à procura de sepulturas, serenos e resignados com a efêmera vida vegetativa, contrastam com a desmesurada ambição dos que vagueiam na algazarra das baladas, numa efêmera vida vegetativa, e a procura do mesmo local.

O título de "pior distribuição de renda do mundo" ou "pior divisão de classes do planeta" não abala seus causadores. Conscientes, mas indiferentes e arrogantes, ainda são petulantes contra as iniciativas dos infortunados, criticando e se apoderando dos símbolos patrióticos.

Os best-sellers de autoajuda, em rendosas palavras, elucidam questões intrigantes: o sol, além do fogo, é que esquenta os objetos, que o sal vem do mar, que suas mãos podem ser estendidas e revelam que você só pode caminhar se movimentar suas pernas.

Vejo mais propriedades nos moradores de rua do que em muitas pessoas de bens.

Durante décadas, governos conservadores, em omissões promíscuas, foram criminosos com o futuro de seus cidadãos: na construção de loteamentos em mananciais e encostas, edifícios em torno de aeroportos, deságue de esgotos em rios canalizados, destruição do patrimônio histórico, contrabando de nossos minerais, genocídio de índios, morte de nossas matas, e até bares em volta de escolas.

Enquanto moradores infortunados crescem nas ruas, o locutor da famosa rádio, eufórico, cita uma publicação norte-americana que comenta o significativo aumento de milionários brasileiros na lista dos mais-mais.

Entre adolescentes com camisetas e bonés de clubes ianques de esportes que nem sabem como são praticados, na poltrona de trás de um cinema, apareceu na tela a torre Eiffel, uma garota disse ao namorado: "Não lembro onde é, mas fui várias vezes com minha mãe fazer compras perto deste lugar!"

Nas madrugadas, ao cidadão comum desesperado, o Estado dispõe de incuriados prontos-socorros com necrotérios ao lado e polivalentes delegacias com cadeias ao lado.

As praças agora são cercadas e fechadas à noite para que desempregados, bêbados, viciados e outros contingentes de retirantes urbanos não sujem suas instalações e importunem o serviço de babás no dia seguinte.

Na entrada das casas, o cimento e a cobertura para estacionar os veículos cobriram a terra, e o nome das flores dos canteiros foram substituídas pelo nome das peças automobilísticas nas prateleiras. Depois vieram as enchentes.

O grande empresário, no desassossego de ser um grande benfeitor da humanidade e que se limita a ser um caridoso que não desatrela de seu cotidiano reacionário, é um ser muito pequeno quanto às enormes agonias do pequeno.

Do altíssimo edifício observo, diminuta, a multidão lá embaixo, indo e vindo, iguais fileiras de formigas, menos num detalhe: quando se cruzam, ninguém se cumprimenta.

Nas reuniões heterogêneas de parentes ou colegas de empresas, suportava-se as conversas alienantes. Com o advento do "golpe da estupidez", surgiu um bloqueio natural ao diálogo evolutivo, e as reuniões se tornaram insuportáveis.

O desdém com a responsabilidade social gera um bumerangue que volta envenenado.

Parado e calado por horas num trânsito congestionado, isolado e impotente para reagir à quantidade de cretinos ultrapassando pelo acostamento, o cidadão honesto tenta conter o sangue acelerado à cabeça e frear seus instintos selvagens.

Eles são errantes julgando que o mundo está errado. Batucam e rebolam nos silenciosos bares europeus e acreditam estar agradando. Certos de que a Europa é um país, não se conformam com passeios culturais. Para eles, praças deveriam virar estacionamentos e patrimônios históricos em modernos magazines. O negócio é compras e pequenos furtos como lembranças. Depois do cicerone do barco pedir para não arremessarem pontas de cigarros ou resíduos de lixo no rio, um menino conterrâneo observa: "Mãe, lembra quando a senhora e o pai jogaram, na madrugada, aquele sofá e os pneus do carro naquele rio?"

Quando nuvens negras ameaçam aniquilar a humanidade, as elites, protegidas pelos modernos capitães do mato, crentes obsessivos e favelados de direita, rapidamente, com retóricas hipócritas, se fantasiam de dignos e sem pudor defendem com veemência o estado de direito para todos e uma sociedade mais justa e humana. Vacinados e passado o susto, eles largam estas fantasias para os pobres.

um modo
de um mudo
no mundo
muda
o mundo
de um modo
mudo

O homem das cavernas saía com seu tacape para atacar seus semelhantes. O homem civilizado evoluiu sua espécie e agora não precisa sair com seu celular para destruir seus semelhantes.

Parte II

Sobrevoo

O comportamento de alguns passageiros de avião é um absurdo crescente. Não sei onde começa, mas quase termina quando a aeronave pousa. Comissários pedem, e ninguém obedece os sinais luminosos, o teque-teque que destrava o cinto é uníssono, quase todos levantam para pegar as bagagens e ficam esperando de pé, numa pressa cretina, por um bom tempo, as portas se abrirem. E tem sempre alguém reclamando de qualquer coisa. Décadas atrás, passageiros mais elitizados viajavam de paletó, gravata, e mulheres de tailleur, pobre viajava de trem, e de segunda classe. As oportunidades aumentaram para outros segmentos sociais, e muito mais em governos populares, ótimo, mas hoje um ser insano que não é pobre vai de camisa regata suada e short, tira o tênis, a meia, a sandália, põe os pés sobre os pacotes que colocou no chão, destroça a bandeja de comida, pede palito para a comissária, vai ao banheiro a todo momento, fala alto, incomoda e pouco se importa com o próximo.

Delírio

Os empresários do agronegócio investirão na recuperação de florestas, animais nativos e áreas indígenas; os militares abdicarão dos ideais ianques, não farão ameaças aos civis desarmados e nem interferências na política; as elites abolirão todo o aparato social e político que sustenta a desigualdade e distribuição de renda, bem como reconhecerão que a raça branca não é superior; os investidores financeiros aplicarão na inclusão social para estreitar as divisões de classes; ninguém questionará nenhum cidadão por sua vida sexual; as religiões abrigarão em seus templos os moradores de rua e os bancos emprestarão dinheiro aos pobres, sem juros. Tudo isto ocorrerá logo após o retorno festivo de astronautas brasileiros chegados de uma viagem interplanetária a Plutão.

Adeus ao luar

20 de julho de 1969
Na lua
Uma conquista
Na rua
Um cortejo fúnebre
No prado
Um equino bebe leite
No colmado
Uma criança padece
No carro
Um jovem passeia
No barro
Um velho caminha
Na oficina
Um gênio produz
Na esquina
Um marginal mata
No litoral
Um ocioso se bronzeia
No cafezal
Um campônio transpira
Dia ufano
Os mecânicos aclamam
Dia insano
Os humanos deploram

Juramentos

O de Hipócrates – Em qualquer dimensão de suas ações, o homem sempre se sentiu mais protegido na materialidade de um médico do que na abstração de uma crença divina. Ele não faz milagres, mas é o humano mais ao lado de seus semelhantes, que está lá para prevenir, diagnosticar, cuidar, recuperar e livrar todos os animais viventes da maior parte de seus sofrimentos.

O de Hipócritas – Jovens burgueses, filhos de elites tradicionais, principalmente do interior, fazem musculação, falam inglês e frequentam um bom cursinho. Passam numa faculdade pública de medicina e "ficam" por lá enquanto podem. Sofrem como calouros, mas depois prosperam e bolam barbaridades contra os novos, com sequelas e até mortes sem condenações, pois seus genitores contratam bons advogados. Também bebem diuturnamente, procuram novas drogas, se aproveitam das meninas no "boa noite, cinderela", antecipam o viagra e vomitam tudo depois das baladas. Com poucas alunas, raros negros e zero de mestiços ou mamelucos, eles protestam contra a "invasão" de médicos cubanos que vão a regiões distantes e abandonadas do nosso país para levar ensinamentos de prevenção e prática de medicina familiar, sem receituários e dando prejuízo aos grandes laboratórios. Lugares que os formandos destas faculdades públicas ignoram e jamais querem conhecer. Eles preferem se vestir de amarelo, participar das micaretas domingueiras nas grandes avenidas, lutar contra o perigo vermelho da inclusão social e depois saborear algumas coxinhas em padarias de grife. Em casa, compartilham pelas redes sociais as montagens falsas, mentiras e perversidades dos que pensam igual a eles. Alguns são mais radicais e colaboram com aqueles que fazem plantão na porta dos hospitais para desejar a morte de pessoas como Dilma Rousseff, o ex-presidente Lula e sua esposa Marisa, ajudando a divulgar para a imprensa relatórios confidenciais e até como matar esses pacientes na mesa de cirurgia. Depois, já formados, não atendem humanamente nenhum doente pobre nas periferias porque acham que uma avenida Sapopemba é no fim do mundo. E cobram consultas até das empregadas domésticas que trabalham com a família. Mas ostentam em seus consultórios especializados, sem nenhum pudor, por exemplo, o diploma da Universidade de São Paulo. Antes da extrema unção e do óbito, uma informação: já chegou a 55% o número de reprovados nos exames do CRM.

Caetumim

O curumim descia de árvores frondosas e ia até o pagé para conversas hoje não mais possíveis, o tempo preenchido nas grandes ocas agora é outro, foram instalados televisores anunciando móveis maravilhosos, sem informar que apenas dez por cento das árvores derrubadas são comerciais. São as cinzas da civilização na cara colorida dos indígenas.

O jovem urbano descia do bonde aberto e procurava o cobrador para pagar a viagem. As linhas agora são de ônibus, e os passageiros têm que fugir antes que menores incendeiem os coletivos. São as cinzas da civilização na cara elegante dos comuns.

Indiferente às transformações, a irmandade dos abutres financeiros, quando soube do tombamento de imóveis na avenida Paulista, pelo alto valor histórico, se uniu e, pela madrugada, antes da publicação do decreto, com marretas, motosserras, pequenos tratores e até um guindaste, descaracterizou as mansões em terrenos de futuras, e já acertadas, torres comerciais.

Dia seguinte, ao transitar pela avenida, para referenciar e me despedir dos escombros da nossa memória, senti uma das maiores emoções da minha vida. Um raro pichador escreveu, em uma parede branca, que o destino preservou para a sua genialidade: "A força da grana que constrói e destrói coisas belas".

Antes do fim do dia, no centro velho, ainda embriagado com a frase, lembrei dos contundentes escritos no velho metrô de Nova Iorque e procurei a razão dessas frases confusas, desconexas, misturadas a símbolos paleolíticos que pichadores alienados, com riscos desnecessários, marcam no alto dos edifícios, e concluí: tudo que fazem se limita a serem reconhecidos nas suas tribos periféricas. Nesta medida, nunca vão entender o passado, muito menos o conteúdo que o colega alertou na grande oca da avenida Paulista.

Marcha Gay / Parada para Jesus
O surpreendente início de século

Manhã junina gelada
No alheamento paulistano
Surge a Marcha Para Jesus.
São salvos desfilando
Por marcação da via.
Um espetáculo para o mundo
Num travado e arrogante dia!
Tarde junina ensolarada
Na pândega paulistana
Surge a Parada Gay.
São condenados desfilando
Por vontade da via.
Um espetáculo para o mundo
Num solto e alegre dia!

Grande Brasileiro

O cidadão foi um artista de teatro, ou músico, pintor, jornalista, professor, literato, cientista... até político. Raciocinava, questionava, tentava exercer seus direitos e o dos outros, contestava o errado no estabelecido. Sofreu barbaridades, foi boicotado, censurado, preso, torturado, expulso do país. Falece. Aí vem os fariseus, os cínicos, os formados no mau, os líderes de audiência e os alienados em geral: "Morreu um grande brasileiro!". Indago: Era ele classe média dominante? Se encantava e engolia o noticiário da televisão, acompanhava novelas, assistia programas de violência ou filmes com perseguições policiais, passava sábados e domingos vendo TV e se comovendo com a vida de idiotas, ouvia FM ou ia a shows sertanejos; deixava mesas e chão de restaurantes lambuzados com restos da refeição; tinha carro do ano; pagava para desfilar em Carnavais, sujava as calçadas com o cachorro de estimação; passava fins de semana e feriados se embriagando e se bronzeando em praias e piscinas; viajava no primeiro e no último dia de feriados prolongados; tinha prestação de apartamento na planta, sítio em loteamentos periféricos ou quitinete próximo do mar; tinha investimentos em poupanças, promovia churrascos por dois dias seguidos; levava os filhos todo ano para a Disneylândia; colocava a cirrose como meta final de vida; era apaixonado por velocidade, ultrapassava pelo acostamento, usava a buzina para chamar alguém; furava fila ou procurava influentes para corromper fiscais e sonegar... falava alto e vivia berrando? Era ele de classe média alta? Também não. Não assinava revistas semanais, não ia a restaurantes badalados, não tinha apartamento em Miami, não fazia concorrência fajuta, nunca jogou nos cassinos das bolsas, nunca exerceu cargo público de confiança, nunca entrou em sociedades secretas, nunca pagou apresentadores para aparecer na televisão, nunca lavou dinheiro ou furtou lembranças pelo mundo... Ah! E nunca derrubou uma árvore!... O que vem a ser um grande brasileiro?

Condutas Coletivas

Enquanto cochilos passivos continuam à espera do sol da liberdade,
que em raios fúlgidos vai brilhar no céu da pátria a qualquer instante,
os vermes continuarão a subir no berço esplêndido, para um velho ardil:
o da alienação, agora através da oligarquia das mídias, num conluio que:
Prefere muito mais salvar o gênero dos bancos a salvar o gênero humano;
Prefere abreviar a vida dos aposentados a respeitá-los como sábios da vida;
Prefere cobrar mais impostos dos honestos a penalizar o habitual sonegador;
Prefere sobrecarregar as carências do pobre a diminuir os privilégios dos ricos;
Prefere a absurda redução de livrarias ao crescimento de lojas de conveniência;
Prefere emprestar aos que muito têm a prestigiar iniciativas dos que pouco têm;
Prefere ficar ao arbítrio do capital especulativo a obstar a agonia do desemprego;
Prefere canalizar rios e córregos a importunar indústrias que poluem o ambiente;

Prefere sacrificantes rodízios nas ruas a implantar mais coletivos nos transportes;
Prefere ignorar o espírito de corpo dos lobbies ao espírito público da transparência;
Prefere evitar debates por moradias a diminuir despejos que prejudicam carentes;
Prefere incentivar planos privados de saúde a dar plena e longa vida aos cidadãos;
Prefere leis elaboradas por neófitos a ouvir a experiência dos verdadeiros mestres;
Prefere lotar cadeias com ladrões sem poder a prender estelionatários com poder;
Prefere postergar as disputas por terra a evitar que injustiças devorem campônios;
Esses ardis da alienação, velha crueldade das classes opressoras contra a população,
são os conluios que os vermes tentam eternizar, e que o futuro não espera espelhar.
O gigante tem que acordar, desafiar o peito à própria morte, batalhar com seu povo.
Braço forte, a liberdade em teu seio foi cravada, para erguer da justiça a clava forte.
— Povo heróico e retumbante, ninguém pode fugir a luta, muito menos se alienar!

Marcos Gama é jornalista, aposentado, foi delegado de polícia e professor de Relações Humanas na Academia de polícia. É membro da Academia, Ciências e Letras da Associação dos Delegados de Polícia do Estado de São Paulo, da qual foi diretor várias vezes. Desde jovem, é ativista político e admirador do futebol e ajudou a fundar o Porcomunas, coletivo de torcedores progressistas do Palmeiras. É autor dos livros *Nação Inversa* (Mania de Livros) e *Vila Buarque* (Alameda).

Alameda nas redes sociais:
www.alamedaeditorial.com.br
Facebook.com/alamedaeditorial/
twitter.com/editoraalameda
Instagram.com/editora_alameda/

Esta obra foi impressa na primavera de 2021. No texto foi utilizada a fonte Electra LH em corpo 10,7 e entrelinha de 15 pontos.